號聲

是微笑是淚痕，是哀壯幽切的弦聲

號音與他的生命力的搏動相迎，相拒，同時又容易相合。
總之是濃綠的春末，與淡灰的寒秋；是駘蕩的熱風，與淒涼的暮雨。

目錄

目錄

自序一

在這幾年內隨手所寫的短篇不下四十篇左右，但我卻沒想到集合著印出。這有兩種原因：（一）是我離開了風沙漠漠的「舊都」差不多二年有餘，當時匆匆出行，所有的文稿統鎖在一個竹篋內存放於友人家裡。後來所遇多舛，沒有機會也沒有興致再去過一次；郵寄不能，因此便擱置下。（二）是自從去年初春多年相倚的母親故去之後，我什麼興致都似喪失了！更少創作的意念。除了這兩層之外，因為中國文壇近來熱鬧得很，看著怪有趣味，又何必自己忙著出版。這是我將從前已刊未刊的文字安放在屋隅敝簏中與蛛絲莓苔作伴的由來。

去年秋冬之間於十分煩鬱裡寫過幾篇又就刻下手中所存的二年前的兩三篇集為一冊，原是便於查閱，卻非「自珍」。八月中由東京到上海晤及趙景深兄，他勸說我以出幾本集子；因此一念，便先將寫的時日較近的九篇印出。

什麼風格，趣味，方法，我向來就是提筆茫然；更說不到「為什麼」而來創作了。我只想將我這真實的細弱的「心聲」寫出；至於如何使讀者感受？如何希望引起批評？——讚美或否——我想這本來不是什麼「文學的」東西，何可妄存此念。——我只是由痛苦與煩鬱中將所見，所聞，所感，所想像到的寫出而已，至於寫的好壞那只有無可奈何也。

不過附帶說明的，這薄本子前三篇是一個時期寫的，而後六篇是一時寫的。從街頭晚步之後回到這清秋蕭疏的山上，浮聽著市聲與淒零的落葉，總似是無意味地咀念著飛過去的生活（這生活或不是一個人的生活），這其中是微笑，是淚痕，是模糊的血跡，是哀壯與幽切的弦聲？種種觸感來襲此心，便不忍再翻此草冊了。

卻非紀念，卻非欣求，只是向過去的餘痕中想要抓住一撮待飛揚的塵土而已，——雖然是無價值的一撮塵土！

一九二八年九月

自序二

自序二

在中國印行書籍本有許多困難，而出版家之無責任心尤使作者時時感到痛苦。即如這個小本子，數年前方以友人之勸交付某某書店出版，及至印出後，方知該書店改了名稱；又不過一年改名的書店亦寂無聲聞。因此後來作者要找幾本原書也大費周折。

自然，這是作者不加選擇的應得的損失，但也可見不為出版而組織的出版業於己無益，於著作者卻有多少不便。中國的文化事業難於發展這不是原因之一麼？

偶然從友人家中將這本不易找到的《號聲》取來，複閱一過，覺得這真是過時的文字了。但就我自己說它卻是個人的思想情感在那幾年中的真實表現。當然裡面有幾篇帶著點感傷氣氛，不能諱言——正自不必諱言。可是我寫那些文字的期間，自己的心緒沉鬱苦悶也為前此所未有，沒有誇大與虛浮的 Sentimental 在內，這是我敢於自白的。與民國十年左右的空想的作品相比雖然是感傷，我卻已經切實地嘗試到人間的苦味了。

有幾篇，假使是現在，我不願那樣寫了，可是也有我現在寫不出來的。一時的興念與觀感，另換了時間空間便有無從捉摸之處。常寫文字的朋友一定對我這話「首肯」罷？

雖然現在不願再寫那樣文字，可是仍然不肯全把它拋棄了去，因為從這裡邊能找到真實的自己，也能看清自己在時代中怎樣搭成了渡過自己的橋梁。

原本只九篇，今將曾載於《小說月報》上的〈攬天風雪夢牢騷〉與未發表過的〈印空〉

加入共十一篇，都是在那幾年中沉悶極了的心情中擠出來的文字。仍用原名《號聲》，以免冒充新作的嫌疑。

一九三三年三月十三

車中

「居然在很闊氣的特別快車中大餐間裡吸這樣好菸！」雲生笑對著畏葸，彷彿不勝慨嘆的樣子說了這一句。

「什麼事都要嘗嘗味道！我這回當這勞什子的教授，苦夠了，上個月打折扣以後，央面子，才拿到三十五元半，還得向會計處說了好幾次勞駕費神的話；——想起來十幾年的辛苦，還不如一個車上的司務。雲生——這次到大餐間吃白金龍，你覺得比在那黑魆魆的空屋裡吃粉末子的玩意好些吧？」畏葸手攏著一頭短髮，將右手內的香菸尾上的灰劃向銅盤中似譏似笑地回答。

雲生想：「這是自然！」還沒說得出口，旁邊向以耿直聞名的高先生將西服外衣的領子一抹道：「什麼東西，怎麼也是混，那裡一個樣！——若講『混』的主義，大學教授，哼！真砢磣的名詞！跟茶室裡的姑娘，您別疑惑，那一定是有分寸的，頭等小班夠不上！……像我吧，六月，七月，八月，九月半，統共四個半月賞了四十元，紙票！……」

「究竟你們是『近水樓臺』，高老夫子休得要向我們訴苦窮了，況且好歹是個官！」雲生嘆了口氣。

「哪個……說假話？雲生，你不是說我從啟行之前便不高興嗎？你，……你知道我為什麼？」

「什麼？——我不知道。」雲生聽他鄭重地說，自然自己的態度也驟然嚴肅了好多。

「為人總是苦不過！你看我像是舒服吧，這得怎麼講，不錯，吃的、穿的、坐的，哪樣也不缺，但一來便不知怎個兒彆扭。——我若干日子來煩得很！有時夜中直不得睡覺，一個人在外間屋子裡逛來逛去，不是味，真的什麼玩意！……」他這段引言還老長。

「閒來苦……思，為了……哪樁！」雲生的話又有點忍不住了，從他那好笑的口角邊又說溜下來。

「別的我也猜不透，老是不如意！奇怪！——你知道我這次出京哪裡來的錢？……」

畏萌直直地坐著，用兩隻手將雙膝一拍道：「我知道！……我知道！」

雲生還沒等得說出來，高先生將他那緊湊的面皮一碰道：「說不出來，還是我Wife的一副金鐲子，前天晚上當了出去的。……」他說時肅然，又帶有淒然的意味。

雲生這時忽然用他那機敏的眼光向他們坐的桌子的四周睄了一眼，幾個侍役們都在那一端說閒話，有的在扶著頭磕睡；在對面坐著幾個胖耳大腮的西洋人，——其中有兩個女的，正在爭說著一件事，料定他們還不懂中國話。回過眼光來向著高先生看：「原來如此，——但你似乎尚不至此。」

「不然，我告訴你吧，父親是疼我，是姑息我，本來呢，還是做官，家裡又不用急，何苦往外邊瞎跑？所以這一次不高興我，不願意我出來，老實話，任我自便！可是不給錢！我自己呢，近來實是空空了，Wife好，她不動聲響地替我籌出了路費，但這樣自然不免，……」高先生是法律家，強辯家，素來以理智派自命的，說到這裡似乎已經不免動了感情。

雲生這才恍然！「怪不得從那裡走的時候，嫂夫人領了孩子去送你有點不好過？……」「那裡能夠送到站臺上，電燈底下？……」畏萌雖說這等話，仍然不失他的鄭重態度。「自然咧！……」高先生也換了一個笑臉，將他微尖的下顎抵住餐桌上所擺的繡球花萼。

雲生這一路破了他們多少的寂寞，然而到此反默然了。在他的記憶中，正織著那已往的酸苦的密網，一時沒有話說。無意地從銅盤中將那曾未吸完的香菸撿起，然而竟然銜倒了，唇上驟然有一股焦臭的氣味，同時熱刺刺地弄了許多煙屑在唇裡齒外，他禁不住說了一句「啊呀！」

畏萌與高先生看的清楚，笑聲大縱。

雲生趕急將香菸向盂內一丟，用桌上的清茶漱了兩口，還是高先生問道：「沒有燙壞麼？……」

雲生搖搖頭也忍不住笑了，將頭俯在桌上。

「呵呵！懲罰，懲罰！誰教你老是好調弄人！——不，你說這比Kiss的味道如何？」

於是這一張小桌子上滿了笑聲，那幾個正在正襟弄手絹的西洋男女，楞楞地向這邊望瞭望，不知道這是一回什麼事。

在曠野中夜是這樣蒼茫：近處並沒有樹影，只有從陰慘月光下看得出遠遠的村落與不整齊的樹木，天上的雲彩也是黃灰色的，愈映得這秋深月色的淒清。雲生一個人立在車外的鐵欄的一側，一手扶住鐵索，一手放在外衣的袋內，靜憑著這夜行的車載著他的離愁，他的命運，他的浮泛的生活，向一望無垠的大野中跑去。他也不知這是經過的什麼地方？但聽見車內的鼾聲，由輪機的鏜鎝聲中傳出。他茫然地想著：晚上的葡萄酒，他們熱烈的討論，家人，病友，與站臺上電光底下的紫衣人！他覺得在這兵火搶攘中作此長征，又是落木秋深的時季，他望著慘黃的月色，覺得她那付淒涼的面貌正像一切的象徵。同時一種悲壯的感懷湧上心頭！覺得這破碎的山河，苦悶的人生，憂鬱的自己的心情，不可知的未來的命運，難以分解處理的種種問題，全個兒縱橫紛亂向他那思域中積壓，擴展。更不知為了什麼他覺得鼻頭上一陣酸味塞入胸腔，即時眼瞼下有些溼潤。

但這時火車快要到黃河岸上了，車行在軌道上不很穩重；速度一加，幾乎一閃沒有將雲生閃下鐵板來。原來他正沉思在一種幽綿的，細微的感思之中，所以沒有注意到自己所立的地位，及至驟然一閃，虧他將鐵索抓住，沒曾脫身而下，然而上身已經搖撼得厲害。少定一定神，卻仍然在原來的地方站住，便又重溫念他的舊夢了。

車行經過黃河岸旁的小村子，在幾株大白楊樹下驚醒了兩條小狗，牠們看見這迅速地長行無阻的夜之怪物，便一齊吠起。夜靜聲遙，聽牠們弱小的吠聲很為清晰。然而這是視覺與聽覺的瞬時所得，如箭一般地飛去了，所遺留下的只是在空野中，牠們那無力的餘聲。雲生突然想到王摩詰的「寒山遠火，明滅林外，深巷寒犬，吠聲如豹」詩人的描寫，他想在這樣繁複生活裡，誰還有工夫有閒心找這樣的天機清妙呢？但究竟詩中有畫，就是這樣的散文又何嘗沒有畫境呢；於是他想到畫，快的，即時印在記憶中的那一幅便展在他的眼前了。一大片叢岩前的樹林，中間夾流著一道飛泉，那蒼明的綠色，與柔軟的筆觸，真能現出畫者的豐神。那裡頭的生活，那畫時的心景：在岩邊支開了小巧的畫架，她散著髮兒在晨露未晞的時光裡，沉靜地執著彩筆，一幅柔曲的背影，被幾隻起作晨歌的小鳥們呆看著，這是何等的新鮮，清涼！在味覺上是甜的；在嗅覺上是清芳的，在……這是個人相贈的一幅畫，帶有豐富的象徵的畫。然而這時候是「相送千里」，在他日呢？這幅畫飛泉獨流，綠木成陰。……拍的一聲車門開了，驚破了夜立者的沉思與惆悵，原來是高先生披一件厚絨睡衣兩眼朦朧地從車內走出。

「什麼時候了！你真怪？不怕摔下車去！……我剛醒來，看看下層的床鋪位中不知你上哪裡去了？畏萌也醒了，他說你又是發了狂出去看月亮去，他還告我：『你不知他的脾氣呢』……」

雲生道：「什麼時候了，這是？」

「我的表快二分，然而現在已是三點半了。你想什麼？別想了車下去了，回來回來！」高先生說著便拉了雲生的臂膀向車內走去。雲生隨著他走，其實他對於這樣的月色也並不見得有何留戀，他只迷迷幽幽地眷念著他的夢想。

這時車行在黃河的橋上，聲音越大，震得車中的電燈光搖晃不定。

高先生與畏萌正在用中文與英語熱心地辯論著社會主義與國家主義，什麼集權制，勞資鬥爭一類的名詞，在他們口角邊的飛沫裡吐出。這正是第二日的清晨。雲生覺得很疲憊，然而睡不寧貼，便索性大睜了眼睛看著車窗。畏萌與高先生相對坐著，正談得高興。畏萌在沉重的面容上，不斷地現出他那堅毅與肯定的態度，他將一本 Park and

Burgess合作的*Introduction to the Science of Sociology*掀開一半，時時指畫著在講說。他是個高身幹闊肩膀的中年人，向來以沉定自命，人家也以大……家常常期許著他，於是在這次三人不同的旅行中，他自然有取得「老大」的資格。高先生好說話，每每討論起什麼事來，便急得喉頭以上的血色異常充足，在這天早上他們不知怎麼打開了話匣子，彼此滔滔不窮地大談起來。

他們這樣的談辯，雲生有時也加進幾句話，但總是不大羼入的。這時雲生不知在繼續著想什麼事？但沉鬱蒼白的面色，卻沒回向他們，正在隔著窗子向外看那清晨的秋郊。不知多少的蕭蕭落葉，都被晨風吹旋著在溝裡，隴邊。那已經收割過的禾根還留在田地裡。轉眼過去的疏柳，幾聲遠唳的飛鴻，這足以使雲生看的呆了。然而他也不知為了什麼，不能詳細說明道理的。他想人各在作著一個「夢」，長、遠、短、小、變易，苦與樂，失望與滿足，都在各人的夢跡中踏碎了自己的足跡，漸漸地聽著遠了更遠了的自己的歌聲，誰不是一樣呢？像三個人這一道行來，還是各人努力經營著各人的夢跡：不管是一付金手鐲從愛妻的手腕上送入典庫，也不管高談政理要試一試抱負的大……家，自己呢，任情的飄泊，思想更是瑣碎、零亂，正如水上流萍一樣流著、蕩著，然而所相同的卻就是在白天、夜裡，空想與實驗的——一樣是經營著夢了。……他漫想到這裡，便忽然聽得畏萌闡緩而沉重的聲音在說：

「那不能，不能沒卻了政治生命的人格。……快刀亂麻，正到了這個時期。……你知道現在正是一種 increase in the course of conflict 的時期！……哼！現在如果忘記了 Energy of struggle，如何生存，如何去整理洗滌我們的河山？……」這些話雲生聽的是片段的，所以也沒聽見這位先生的根本原理，而同時高先生也將什麼合作、運動、時機等等的話說了一大套。接著拍了雲生肩頭一下道：「雲生，雲生，你說對不對？」

雲生只笑著點了點頭，於是他們便又續談下去。

「人生的夢境太繁複而且是太長了，不如短少些還容易於從沉睡中醒來。在汽車中；柳陰的大堤上；歡笑光明的閨房之內；議事廳與殺人不眨眼的刑場；一切處所，都教人迷住。在每個時間裡沉浸於一種有趣的，不能不的誘惑之中。何用說是非；更何用較利害，『游離狀態』成就了多事的人生，於是世界無窮，於是一切的『等量』，『比量』，一切的究竟、目的，都浸醉在此中；都毀滅在此中。然而又有來復的機會，再毀、再成、再苦惱、再大聲的歡呼，再……」雲生在秋日的清晨中忽然發了狂似地想起這類空虛的無聊思想。他一面聽見兩位同行者熱切的辯爭，一面聽見前進的機輪磨在鐵軌上的響聲，這種種的聲音，卻使他所想的愈加增多，愈無頭緒。各個人正在說著、笑著、想著，經營著他自己的想與夢，轟磕的巨響，從天外飛來，雲生覺得車中所有的什物俱帶了方的、圓的、多角形的翅子搖舞起來，自己的眼前是灼灼的火星四迸，頓時腦子上如用利刃劃破，他便懵然！

其實車中各個人的「夢」到此時都醒過來，然而卻同是一時懵然了！

正當正午，秋日的驕陽在這時猶有餘熱，由靜住不動的玻璃窗外透射過來的光線還很溫暖。車中滿了無秩序的現象：種種色色的行李，潑滿地上的茶水，嘔吐的餘汁，雖是在這空氣很乾燥的郊原中，還是令人嗅著難耐。更加上車中滿了呻吟，怨恨的聲音，一些人懊喪飢餓地在車上，站臺上，來回作無聊的行走。恰在這些光景中，雲生睜開了眼，第一次的注視，正看見高先生捧著半個額角斜坐在身旁的軟床位上，那個沉定的畏萌卻在車外蹙眉立著。於是他恍然知道這是如何的一回事！同時覺得周身的疼楚，抬起左臂看了看，原來在肘骨的旁邊已磨去了一層表皮，血痕隱隱地現著。

「好厲害的撞車！倒楣極了！雲生，剛才我們還耽心你！——恐怕你受了過度的震動將腦部損壞了呢，還好，你覺得怎樣？」

「不，就只是左肘上去了一層皮，你瞧，我竟昏睡了這些時候！你呢？……」

「不用提了。我的額角上撞起了一個肉樁，現在只有麻木還不疼呢。畏萌說是將腰折了一下，所以下車走動去了。——這都是小事，誰知什麼時候才能走哩！」高先生咬緊了下唇，滿臉上都是煩苦的表現。他的頭髮原來便梳不清，這一來更像被踐踏後的雞毛帚子似的舞動著。

雲生重複默然了，看看四周的景象，聽聽滿車中怨詛與呻吟的聲音。

不久，畏萌從車下緩緩地踱了上來，半彎著腰，厚闊的面部，似乎尚有些微痛的表情，他看了初醒的雲生一眼道：「好睡！這樣大聲音越發催眠了你！——這怎麼辦？機關車說是到晚上七點鐘才開到，沒有水喝還不要緊，飯呢？挨了跌還得挨餓這怎麼辦？……」

高先生瞪大了目光，口吻張了幾張，還沒得回答，同時從兩邊過來了幾位同是一車中的不幸者，都來打聽有沒有飯食的問題？機關車何時開來？即刻車中更充滿了苦煩的怨聲，恨恨的失望的面色。

一陣清風吹來，雲生彷彿聽見在遠遠的鐵軌上飛來那輛具有威力，拯救的使命的機關車，但這正是白天呢！煩悶、不幸、失望的秋午！恐怕必須在眾星灼灼的明光下，一望無際的黑夜裡，那不可思議的怪物方能來到。但眼前的飢餓，苦痛呢？雲生冥想著，便又入了夢境，電燈下來送自己的那個人的紫色衣裙微微地飄動。……

一九二六年五月七日

鬼影

「咱們花頭會做，錢又肯花，臉子吧，你瞧！──三十歲也不老，她們怎麼不喜歡？還有，你看我也抽幾筒大煙不是？這有什麼！……」這位楊老官滿口學說的北京話，有時夾和著幾個英國字，一身明亮講究的「上洋派」的衣服，活現出他是一個十成十足的上海灘的時髦洋商人。他在大沽岸上一邊走著，一邊對著朔風冷吹的空氣對我這麼說。

他說的什麼我早就明白了。從昨夜還沒開船時，他就處處表現出他的闊氣，什麼在京漢的頭等車中悶坐了幾十小時，終於因鄭州那邊通不過回到北京；什麼在北京住的東方飯店；他替外國人買辦，又自己做著買賣，這一趟便淨得幾千塊的銀洋等等。似在意似不在意的話頭，使得船上狡猾的茶房們聽了只有咂舌讚羨。我早就斷定他是怎樣的一個人了。他的兩道眉毛從濃尖處動了一動，十分得意！又緊接著道：

「真他媽的！……對那些姑娘們咱絕不花冤錢，就是她們可也喜歡，親自送到旅館來。我不要也不成，臨走的前一夜，名字叫什麼？她在旅館裡吃過飯，到了一點多鐘，還不去。……哈哈！這又有什麼辦法，可我並不在乎。……」

他一邊說了，便驕傲得大笑。我自從上船以後，如波翻的心瀾，恨不得即時到了目的地，哪有閒心同他人閒話。在這冷風晨吹的時候，船正停在大沽口裝運貨物，還有大半天的停擱，滿艙面上盡是些邪許相呼的工人，繩索、筐、袋等件都堆滿了。這位「老官」約我上去，我便從窄窄的木板上跳過來。

多荒涼的冬郊，多凝重的河水，北方的勁風這兩三天來特別的冷冽。如鉛色般凍結的天空，雖有淡薄枯黃的日光，也絲毫沒有暖意。遠遠的禿枝的疏林上偶然看得見三五隻凍雀來回飛翔。靠近碼頭只有一堆堆的麻布袋子，像些小山，不知是煤是鹽？總之，聽說都是「大英國」的貨物。那些穿了短襖蒲鞋的工人時時從碼頭到船上，由船上再回碼頭。在這麼嚴冷的上午，兩人一擔，肩著沉重的貨物不住地往返。除此之外，岸上還有兩個黑衣老羊皮大襖的警察，以及賣梨膏的、賣乾餑餑的幾個小販，在貨堆邊呵凍瑟縮著，與船上的客人作交易。

我自從昨天一早五點由前門車站上了車後，做夢似地到了現在。車中的擁塞，八個鐘頭的京津的旅況，匆匆地晚飯後上了這隻船。因為沒有艙位，費了半夜的唇舌……船中的氣味，種種不同的聲音與色彩，交互亂織在我的心頭。又迷迷惚惚地記著匆急中寄來的電報上「母病速回」字眼，我恨不能即時飛到故鄉！恰碰上火車不通，倉促地乘輪南去，在歲暮天寒的時候，這隻汽輪載著我，如同用命運的迷網暫且蓋住，蒙頭前去。

我一夜裡沒有闔一闔眼，披件貍皮外衣在船頭上深夜的冷氣中不住的走著，想著。

及至天色大明，船已經開出天津口外，在沽河的黃濁水流中慢慢行著。因那西崽頭領的介紹，我便得與這位同房的老官攀談起來。他倒似乎是熟人一般，不住聲口地敘說他的事業，擺弄著他在洋場中替外國人辦事的闊綽，以及這次到北京來飲食男女的遊玩。其後他問我的姓氏、籍貫，最後說到「貴幹」二字，我便沉鬱地答道：

「當教員。」

「哪一個學校？」他問這一句明明是在可問與不問的口氣中了。

「在C大學。……」

他因此又說起他從前的學業來了，他入上海M.L.中學的經過，以及學習英國話的來由。他總處處表明他那一行是門內的，而不是「門外漢」。他問我的年齡，我說是二十八歲，他微微的奇訝了，打著輕快與高傲的聲口道：

「喂！你比我小兩歲呢！然而你顏色卻不如我。我多胖，無憂無慮，啥格事體都不能動我的心！你多蒼白，苦……當教員總難舒服。……」他很得意，自幸！

我苦笑了。

他有中等的身材，因為肥胖卻似乎比我還矮好些。臉上一團團的肌肉，有一般商人所同具的面貌：厚闊的嘴唇，恰與他那好自矜誇的態度相合；兩隻手指如同一根根的小藕，每一個無名指上有兩個金戒指，吸雪茄煙時總故意把這兩指伸直。

他在黎明的時候問那西崽頭弄了一付鴉片器具來，吸了十幾筒，即時，一個小小的艙房都被鴉片氣味充滿了。他索性不睡，與我高談，然而我躺在僅僅能放開身子、膝部以下還放在衣櫥內的一條木凳上面（是夜中用十七元向這位西崽頭領買來的），哪裡有心緒同他閒談。一會兒他又喝了牛奶，吃過早點，恰好這時船已到大沽停住，我因為受不了滿艙裡的鴉片煙味，也從人叢中擠出來到了岸上。

他這時的談話又換了題目了。

在這朔風烈烈的凍河岸上，他卻很自得地誇示他對於妓女們的誘力。總之，他在處處表明他是個嶄新而漂亮的「上海人」。

他更說與他要好的姑娘還是某一個將軍的遺妾，「她二十五六歲年紀，大些，可真能，真討人好，應酬、言談，不同那些濫汙貨。……然而在咱們也不過隨意玩玩。她也知道，你瞧，臨行時送我的罐頭，送我花，還自己老早送到車站，開出單子要我替她買東西。沒有法子啊！到上海替她辦去，並不是十分值錢的東西。……」他還沒有結束完他的話，我已經被冷氣吹逼的不能支持。一件皮大衣仍然不能擋得住冬晨的嚴寒。大約我自從上船後早感風寒，又整天沒有吃一點食物，所以立在凍結的黃土岸上，腿部已經有些發抖了。充滿心頭的全是憂悒，苦悶！更有什麼心緒能答覆他。

但經過這一早上，從他的態度與言談中，我更明白了他的為人。

船到傍晚方才開行，真是想不到的遲緩。艙中甲板上時時聽見男女的詛罵、怨憤聲音，尤其是作小販的商人，與由東三省回家的鄉下人。他們到了這一年的盡頭，好容易費盡手腳，賺了一點血汗錢，正想趁了火輪趕回家去度歲。哪知因為戰爭陸路不通，而這隻英國公司的輪船又如蝸牛般地前進，天氣偏是十分酷冷，他們又哪會不滿腔怨恨呢！況且自下午以後，在海上已經看不見日光了，空中全是深灰色的凍雲，下映著這鉛色似的怪水。自開出大沽以後，便看不見陸地，船邊的浪漸漸地大起來，風吹得分外重；除了軋軋的機輪聲外，只有波浪翻復打在船舷上驚人的聲響。船體播動的厲害，除掉船上服役的之外，幾乎沒有一個可以立得穩的。我走出來，看甲板上那些人，一個個面色都如罩上了一層青色的煙焰，有幾個就把被縟鋪在甲板的大橫木上蒙頭而臥，可是時有嘔吐之聲。四圍無所見了，只有起伏的黃浪與密布的寒雲。船行特別的慢，正不知這一夜裡要發生何等變故？已到六點，船上的電燈明了，船以外完全黑暗，播動海濤的狂風更加得勢。我在甲板上立不穩當，又吸著海潮的氣味，與船底艙內魚蝦的腥氣，幾次也要嘔出。

「坐這隻船真倒楣！為什麼他們偏在大沽耽擱了一天的工夫？……遇上冬季的大風誰曉得怎麼樣？……」一位五十多歲的鄉下人坐在一捆被水波溼透的行李上，憤憤地說。

旁邊有一位在天津跟來賣零碎食物的小販，他那枯黃多皺的面皮彷彿不怕寒冷，這時一手摸撫著多髭的腮頰，淒然道：「這還用說，什麼事都得他們做主！愛走就走，愛停就停。……你看這一船哪裡能夠載得了這麼多的人！艙道中有，甲板上也滿了，底艙裡更和豬群一樣，這都是中國帳房的生意。哪管你薰死，擠死，橫豎外國人把房間、底艙包給帳房，除了大餐間外全聽他們擺布。……」小販正自敘述他的意見，他在船上的熟經驗，從艙道中來了一個穿白衣、拿著兩個空盤子的西崽，一斜一趨地宕過來，小販抬頭盯了一下，便不再言語。

及至我回到分租一角的那個房艙之內，看那位楊老官正在鐵床上安逸地躺著，他一見我進來便喊道：

「怎麼樣？……外面的風浪？」

「很大，……聽說快要拋錨了，不能走呢！……哎！」末一個嘆息字不自覺地從我幽鬱的胸中嘆出。

「晦氣！十二，十四……十六，看這樣到上海要多耽誤三天的工夫，我還有事，帳項、請客、料理過年的事體，討厭呵，討厭！」他也有點著急了。

「不得了！我坐了多少次船，加上這一次，是兩回了遇到這麼大的風浪。我簡直不能起立，頭暈的很！來來！這裡有一塊蜜柑橘，你也吃幾瓣。……」

我謝了他，將一瓣橘子填在口裡緩緩地嚼著，即時也就躺在那窄窄的木凳上面。屋子裡冷度仍然是很厲害，把一條毛毯蓋在身上，同時一陣噁心，像有些穢物在胸中衝撞似地，而種種幻想也一併湊來。恐怖，憂悶，飢餓，眩暈全都來了！看著那白光擺動的電燈，聽著圓玻璃窗外的寒濤怒吼，正不知置身何地？

船似乎還在行著，然而我也如在夢中。

若迷若睡地半夢中的淒感使我心頭添上一陣怔忡。有不少夢幻般的色彩在我眼瞼內跳動，彷彿暗示著隱隱的恐怖與遠遠的憂悒！夜半後忽為一群人的談聲驚起。哦！這一間小而窄的房艙充滿了不識面的生客。他們正在抬過一張圓形的小桌面，左右旋轉著，僅僅在床前與木凳中間安放得下，即時竹方塊與銀元的碰打聲一齊起來，原來他們正在安排牌局。一位是那個湖北人的西崽頭領，他身軀最高，兩個小而圓的眼睛，閃現著多少狡獪。還有一位廚司務，肥胖的面目，額上像塗滿了奶油，光明而油膩，穿著短衣，五個手指木槌似地在那一張張的竹牌中間攪弄。其餘立在門口的是個三十多歲的北方人，面上幾乎全是高起的筋與血管，三角式的口頰，表現出他是個堅定而威厲的健者。灰色的皮袍，青布馬褂，我一睜眼就注意這一個。我正在要坐起，那湖北人道：

「對勿起！你到楊先生床上躺去吧，就這凳子上還可以坐一位。」

我也願意到那平軟寬舒的床鋪上去。看看楊老官已經坐起在打莊了，我便從凳子上跳了過去。即時躺下。在我想來這真是意外優待的機會！然而一會竹牌觸在木桌上的聲響，加上他們大聲笑著數錢與恨罵聲，我躺在那裡連眼睛都不能閉。他們只注意到一圈燈光下迷惑的數目與牌上的形樣，似乎忘記了一切。各人的眼光分外明銳，手臂不歇地騰掣，齒唇不住地哆動。我呢，一會想想未來的憂愁，一會又坐起看看圓窗外的海色。

微雨在瀟瀟地落了，風還沒停，船仍穩在茫茫的海中。

光光的木案上，竹牌與銀元觸響的聲音，比起海上兇殘的風濤聲尤其令人詛恨。他們又不住地口裡喊著各人自己願意的口號，是彼此虛偽的試探。尤其是西崽頭領與那位額汗如油的大司務，那些令人聽不慣的下流話，虧得他們如數家珍一般的說出。楊老官斜披著狐裘，吸著司令牌的香菸，驕傲，不在意地隨手打牌。他看那三個夥友如同小孩子一般，沒曾放在眼裡。獨有那位穿灰色袍子的北方人，默默地玩著他那十三張的立牌，輸與贏都不做聲，面上一團鐵青的氣色，令人可怕！……後來他們一圈完了，我仍然睡不著，只好從楊老官的床上拾起一本舊小說來在他人的背影後看著。及至他們牌完之後，談起話來，那穿灰色袍子的北方人，才說起他原是江浙戰爭中的某一師的參謀長，失敗以後重行北來，所以說起話來全是一股不平的氣概。居然不同，他只為打牌來的，打完之後，點心也沒吃，卻兀然坐在一邊。末後我坐起來了，他便跟我說起話來。

「這世界幹嘛？教書還不壞。軍界中簡直混不得，可是混上了也就沒路可走！……」說這幾句話的時候，上嘴唇突起得很高，顯見得是從經驗中得來的真話。我除掉敷衍幾句外，覺得一艙裡的人獨有這位失敗的軍官還令人有幾分同情。

他們吃過麵包牛乳之後，那輸家大司務敗興走了，西崽頭領手捻著一把鑰匙正在看楊老官燒煙。失敗的軍官跟我坐在木凳上，無聊地談著。楊老官呼呼地吸過三四筒鴉片，又在誇示他自己了。他說他在上海認識了不少的軍人，又交結了不少的洋人，什麼去年由英國來的一位老勳爵同他怎樣要好；什麼那年淞滬戰爭徐將軍被迫離開租界，還是他向工部局託了老勳爵去關說的力量，總之，這位十足神氣的上海「剛白度」鴉片癮又過足了。

這時船動了，西崽頭領看了看他手上的金手錶道：「四點三刻，開行了，風浪小得多，明天晚準到煙臺。……」

我聽了，把急悶的心情放平了好多，可是同時也有無形的恐怖逼在心頭！雖在這一天一夜的飢寒暈勞之後，並不因此極感痛苦，唯有心上的種種煩擾、憂急，幾乎使我要哭了。南行的焦急，北來的懸念，誰能逃出了現實的網羅呢？我正這樣想，即時，艙中的杯盤又叮叮撞響起來。原來船開行後，又起了一陣風浪，一時覺得各人坐的地方都不很穩固了。楊老官恨得一口氣把玻璃罩中的油燈吹滅道：「倒楣！偏偏又起這樣大風浪！……」這句話還沒完，又聽到艙外在甲板及過道中的客人嘔吐大作。

這是快近黎明的冬夜，是在冰冷的海中！風吹得緊，浪打得凶，那些辛苦回去的苦人，一件棉袍、一條被窩，連底艙都沒有地方，只好在甲板、過道上過夜，不凍死還不吹死！無限制的賣票，無限制的踐踏自己的同胞，包了外國人的船艙卻用很便宜的代價當貨來載這些苦人，回想起昨夜上面大餐間奏著西樂用晚餐，而我們的艙外卻全是餓的、凍的、嘔吐的叫苦的聲音！我呢，勉強在這普通的艙房裡受侍者的白眼。

我在這近黎明時顛動的艙中想著，那軍官這時還沒走，交握著兩手不知在想什麼，然而他那巨大的身體老是一提一動地向床上撞。

圓眼的西崽頭領，一面替楊老官燒著煙，一面數說他在船上的生活。有時回頭看看我。我總怕他那雙眼光中射出來的狡獪與凶焰。他們所談的題目離不開那幾種。楊老官在問了：

「昨夜裡你到啥時候才回來？快兩點了，哪裡去白相來？」

「哼！到日本地走走去，日本窯子去的。」

「曾玩過嗎？……」

「沒有別的，打過兩次哩。日本窯子的規矩：打三塊，住六塊。……天津究竟好玩。……」

失敗的軍官在我身旁，從鼻子裡哼了一哼。……我卻不明白「打」是什麼事，及至他下面緊接說住的價錢，我方瞭然。他還很得意地續說：

「日本人乾淨得多了。……」他又像一個衛生學家。

一陣翻動，忽然案上的幾隻茶杯翻在地上，幸而有草蓆鋪著，沒曾打碎。我同那位軍官伏在木凳上面。楊老官差些滾落床下。同時外面浪翻風吼聲中，一陣人聲嘈雜，常經風浪的西崽頭領急急開門出去，歪斜著向過道裡去。回來的時候，船還在劇烈地翻動，他咂了咂舌頭道：

「好厲害的風浪！這一陣把船面上睡的人打下一個去！……聽說是個女的。……」

楊老官似乎並沒在意，坐起，摸摸頭皮道：「沒出血麼？……你瞧！」

「好……福氣！一些沒碰傷。……這個人找死，什麼時候還在船面上呢。……這小女人死的可惜！」

「你不早說，讓她到這艙裡住一夜，有吃，有覺睡。比起……不好麼？」楊老官嘆息似地答覆西崽頭領的話。

「你真有點，……可惜昨天夜裡沒先跟我上岸去呢。……」

同時他們都哈哈地笑了，這時那位軍官臉上紅紅地，瞪了一眼便出去了。

我坐在那裡似乎呆了。看這兩個笑談者的頭顱搖動，如同鬼影。圓窗外怒吼的風浪卻更大起來了。

一九二六年五月

司令

在卉原鎮上像這樣急迫而驚怖的忙亂已不是第一次了，不過這回的來路與每次不同。從十二點鐘後，保衛公所的門口十分熱鬧，在那兩扇大黑漆門中間走出走進了不少人物，甚至連大門裡粉刷的照壁前一堆紫玉簪花都踐作壞了。大而圓的花萼，躺在土地上被毒熱的陽光晒著，漸漸變了顏色，有的已被腳印踏碎了。門前右側，獨獨忙了那個穿灰衣的團丁。一支套筒在他的手中忽而高起，忽而落下，不知多少次了。因為辦差的人物，城裡派下來的委員，本鄉的鄉長、團長、鄉董、紳士、校長、商界的首事，還有他們團裡的排長，與巡警分局的巡官，一出一入，照向來的規矩都得打立正；並且要把槍刺舉得高過頭頂，這真是自有保衛團以來少有的苦差事。

于五在鎮上當團丁也有三個年頭了，他是東村有名的一條「蠢牛」。他兩膀很有點勁兒，眼睛大得嚇人，身個兒又高，不過有些傻頭傻腦，所以村子中公送了這個外號給他。可是自從入了保衛團之後，他簡直聰明了好多，不單是學會臥倒、上刺刀、放連槍這些知識，而且也懂禮節，「是是」、「啊啊」的聲口也學會說了。所以現在他不比從前「蠢」了，於是夥伴們使用普通尊重人的稱呼法，把外號的上一個字去了，換上個老字，喊他「老牛」，他也答應。因為他聽過牛的故事，曉得牛是莊稼人最尊敬的畜生，所以大家這樣叫他，他並沒有什麼不樂意。

從天色剛剛發亮的時候，縣裡派來招待招兵司令的委員與原差便都到了。消息傳播得非常迅速，不到八點鐘，這兩千人家的大鎮上幾乎沒一個人不曉得。商店的學徒、賣食物的小販、早上上學的學童，以及作工夫的短工，他們交互著談論「司令」到過午便來的大事。誰知道帶多少馬弁？誰知道有什麼舉動呢？學校中特為這件事早與學童說明午後放假半天；切切地囑咐那些小孩子藏在家中，免得家庭裡不放心。至於在鎮西門外前年方辦成的私立女子初中，這一日的上午便早沒有人了。教員、學生，都臨時走了。

于五呢，他在曉露未乾的時候便跑到操場裡耍了一套潭腿，這是他自小學的武藝，幾十個團丁裡沒有一個趕上他的。團中雖也有武師在閒暇時候教教他們打幾套拳，或是劈幾路單刀，然而在于五是瞧不過眼的。因此他常常發些牢騷，同他的夥伴說：如果他不是從幼小在這個地方住，一定可以教他們了。「人是外鄉的好」，他有時拍著胸脯慨嘆那團長老爺太好擺架子，埋沒了自己的真實本領。在操場的時候，十分清靜，除掉大圓場周圍有幾十棵古柳迎著曉風擺動垂絲之外，就是一條鬈毛大黃狗，垂著尾巴如老人似地一步一步地來回走。于五趁這個時光把全身筋肉活動起來，光著上身，在柳蔭下舞弄了半晌。看看太陽已經滿了半個場子了，又聽見場外有人趕著牛馬走路的聲音，他便打個尖步將雙腳一併，立正之後，隨即從柳枝上將那件灰色短衣披在身上。方想回去，卻好他那同棚的蕭二疙瘩從一邊走來：

「你才起來？我說你再懶不過，一定是夜裡到那裡耍骨頭去來。」于五擦擦臉上的汗珠向那位身體矮小、長了滿臉疙瘩的夥伴說。

「夥計，你省些事吧。夜裡倒運！說，你不信，被老伍、老華贏了六吊七百錢去！害得我一夜沒睡好覺。可也更壞，偏偏今天黑夜裡又湊不成局，真倒運！哪裡來的這些把式？一起，一起，都得叫這些大爺伺候！……真他媽，……」蕭二疙瘩人雖小氣分兒最大，他最不服硬，這是于五一向知道的，所以聽他說出這些話來，便道：

「蕭二哥，你不要輸錢輸迷了心竅吧，平白無事的誰又來？……團長這幾天不是為了病不常出來，松快了許多？」

「哼！」蕭二疙瘩把鼻子聳了一聳道，「看著吧！看他今天出來不出來！一樣是差事難當，今兒就夠瞧的！我說老於，他們來時咱也去吃糧吧？」

到此，于五有些明白了，他便將手一拍，急促地問道：「莫非是真來了招兵委員？幾起了？這日子真沒法過！在鄉下還有舒服？……你說什麼，去吃他們那一份子鳥糧，我看你是輸昏了！你沒聽見賣餅的黃三說：他兄弟在上年丟了好好的生意不做，迷了心去當兵，好！不到三個月偷跑回來，那是個什麼樣子！沒餓死還沒凍死，是他祖上的陰功。大風，大雪，偷跑到山裡去當叫化子，過了十多天才趱回來。他不是情願餓死管幹什麼不當兵了？……你別瞧咱們土頭土腦，我看那簡直是一群狼，土匪、青皮、叫化子，都能當。……一百十三團，你記得從我們這鎮上過的，真丟臉！哪一個不是穿著油灰的衣服？不知是幾輩子的？連咱們還不如。打仗，好輕快的話！不是吹，我一個人，他們來上五個、六個，……」

于五正說得帶勁，蕭二疙瘩插言道：「老於！你別高興！你記得公所門口的崗位今早上該你站吧？這個差事真要命！還好，要是下午準得挨上幾十耳光。……這一回我聽說了，不是委員，大哩，是司令！我說是他媽的司令！聽說是上頭專派來這幾縣招兵的『司令』，還是，」他說到這裡似乎有一種潛在的力量把他的聲音壓低了。「怪事，聽說這還是我們的鄉親哩！老於！聽說他是專門謀了這個差事來的，想想：來者不善，善者不來，嘿嘿！」

「是誰？」

「就是營莊的管家，我可不記得他的大號。說是什麼軍官學堂出身，在外頭混了多少年，幹了些什麼事，家裡早不知道這一口人，這回回鄉了！」

于五叉著手凝神想了一會，沒有話說。

司令

「看他怎麼樣，到自己的地方？……看他怎麼樣？」于五臉上驟然漲紅了。

一陣喇叭聲響，正是他們團裡吃早飯的時候。

這一天上午，在于五的心情中與其是恐怖，還不如說是不安。他雖是心裡不願去伺候那些同樣的灰衣人，然而他卻是個十分服從命令的壯士。所以剛到十點，當他那棚的排長，喊聲「于五換班」，他早已結束完了，肩起他素日寶愛的明亮的套筒，由鎮東門裡的宿處向局子走去。

四月末旬已經有些煩熱了。他肩著槍在道旁的樹蔭中走著，額上微微有些汗珠。他這一回的上崗狀態更為嚴肅，每次呢，也帶子彈袋，可是照例只有幾個槍彈裝在裡邊，為了數多沉重而且不許，他這回卻把周身的袋子都裝滿了，少說也有五十個槍彈在他腰間。套筒的膛內五個子兒全壓在鋼條之下。這也不是常規，因為怕壓壞了發條。他雄糾糾地走著，看看那些一早到街市上買東西的人，多少都帶些驚惶的顏色。尤其異樣的是壯年男子不很多了，全是些老人，以及蓬頭寬衣的婦女，——年輕的婦女卻未曾碰到。于五看見這光景不免皺了皺他那雙粗黑的眉毛，同時腳底下也添了氣力。

由城裡臨時派來的委員是個學務局的視察員，因為時興的，學務上沒有事可辦了，卻常被縣長與紳士派作外委——作催草料與招待的外委。他自從半夜奉了急於星火的公事，帶了幾名差役從星光下跑來，到後便住在鄉長崔舉人的宅中，招集了鎮上幾個重要人物，如商界首事、保衛團長、校長等計劃了兩個鐘頭，即時都穿戴整齊，到街內的保衛公所裡開始辦公。他們來的時候，于五已經直挺挺地在門口站崗了。

他們在裡面商量些什麼，于五是不知道的，但他看見他們的團長一會兒出來，一會兒又拿些帳簿、紙件之類的東西進去，跑的滿頭是汗，嘴上的短髭子也似乎全挺起了，背上衣服隱隱有些溼痕。最忙亂不過的是由城裡派來的差人與本地鄉約，不住口地喊著預備「多少草料，幾份鋪蓋」。他們一邊喊出，在門外有幾個聽差的團丁立刻答應，分頭打點。還有鎮上的三個好手廚子正在門口石凳上坐著吃紙煙，聽裡邊呼喚。

于五從在公所門口這兩個鐘頭看來，似乎見到卉原鎮上的「奇蹟」了。自然，從前這類事他見過不少，鎮守使在這裡也打過尖，而這回的影響卻來得真大！從花白鬍子的崔舉人走出來的神情便可看出。他臉上的皺紋像是多添了幾十道，斑白的頭顱不歇地搖顫，一件軟綢半舊馬褂下彷彿藏不住他那顆跳動的心臟。

于五等待的希望不如那時的大了，眼看著這一群人忙到正午，卻還不見動靜。他一個人掛著槍四下里望著，茫然地不知這是一天什麼日子？恰當這時，局中紛亂的人員差不多把一切都預備好了，大家卻不敢散去，只有坐在裡邊吃著紙煙、水煙，談天，雖然他們各人的心裡明明是多添了一塊東西沒有安放得下。出入的比剛才少了好多，于五在這閒暇的時候便想起早上蕭二疙瘩同他談的那些話，以及當兵吃糧的勾當，於是也想到這次招兵的來由。他想：招兵不止一次，也不是由一個地方來的，什麼軍、什麼師，分別不出，也記不清。按照向來的經驗，不過是幾個頭目、幾個兵士，到鎮上住上十幾天，插了小白旗子尋開心。點心有，飯菜自然是好的，還要大家公墊辦公費，數目不等。每回哪裡空過呢？末後也許領了十個八個的流氓乞兒走去，一個人沒招到也有過的。有一回還被教堂裡的洋人照了幾張相片去。為什麼這麼一次一次地招兵？于五不識字，不看報紙，當然不甚明白，只聽說外面不安定，開仗。有回來的朋友說聽見炮響，學堂裡的先生們說些什麼鐵甲車、迫擊炮的新鮮名目。他從這一些零碎的概念中，便也知道招兵是這麼緊急。他立在如醉的日光裡，漸漸覺得腰部、雙肩都發起熱來。然而下崗的時間還沒到，而他所希望的一群人也還沒見個影子，因此他心裡有些煩躁了；也因此他對於那將近走來的一群人的憎惡更增加了分量。

一個約摸五十多歲的鄉約在局門口的一條小街上，用一手掩著被打破了的左腮頰，一面還是加勁地快跑。一滴一滴的血水從他那一件粗藍毛大褂上流下來，隨著他腳後的熱塵便即時看不見了。而立在局門外面的兩個「軍士」正將眉毛豎起，大聲喊罵。那明明還不過是兵丁下的兵丁，因為他們還沒有整齊的皮帶與子彈盒子掛在腰間。兩個人的灰色衣服已經變成黑色。一個穿了黃線襪，那一個卻是一雙破了尖的破白帆布鞋。他們像是隨處都有動氣的可能。紫面膛，近乎黑色的嘴唇，一個是高長的身軀，那個穿破帆布鞋的卻還不過是十五六歲發育不全的孩子。于五這時還沒換班，直挺挺地立在門口右側。他這時倒特別精神了。雖是不立正的時候，整個的身子也絕不歪斜。那桿明亮的槍枝在他的手裡似乎是十分榮耀，晶明的刺刀尖，彷彿正用一隻極厲害的眼睛向門外一高一矮的新客人注視著。于五在他們將到的時候，受了團長的臨時命令。因為今天四五個鎮門與街頭巷口都加了崗位，有些團丁又須時常出去辦差，人是少的，又以于五的姿態分外合適，叫他多站兩點鐘，也叫那些招兵的差官看著好誇讚幾句。于五自從看見幾匹馬從飛塵中滾過來以後，他反而振奮起來，雖是連續著站崗倒也不覺疲乏。這會親眼看到兩個差弁狠惡的樣子；親眼看見他們用馬鞭把伺候的鄉約打破了腮頰，他並不怕！仍然保持著他那威嚴的態度。那兩個差弁罵夠了，便向內走去。于五聲色不動，厲然地挺立著，更不向他們笑語，或行軍禮。那個高身材的向他瞅了一眼，彷彿要想發作，于五也把他那雙大而有光的眼睛對準差弁的眼圓瞪起來，差弁卻低頭進去了。

司令

全是于五目所見的、耳所聽到的事。豐盛酒菜的端入，裡面猜拳行令的聲音，以及飯後來的司令在局子的大廳上高聲發布命令的威力，地方紳董顫慄著的應聲。于五是十分清楚了。在他胸內正燃燒著飢餓與憤怒的火焰，看那些出進的「大兵」有的赤了背膊，有的喝得面紅汗出，在局門口高喊著不成腔的皮簧、小調。他真有點站不住了。已經到了午後一點多鐘，夏初的天氣煩熱得很。聽說司令，還有副官都在局內午歇。除去有兩個人在裡面值班預備叫喚之外，局長與校長那一群都嚴肅地退出，各人預備去做的事。那個傴僂了上身的老舉人到外面大楊樹下時，便同一位中等年紀的校長說：

「我直到現在直不覺餓！看他們吃的高興，我……就是嚥不下去。……我說：校長，這怎麼辦？還沒有日……子呢！一天三百串，……酒飯在外……這筆款？……」他一邊說著，用一隻微顫的血管隆起的手掠動頷下的長鬚，還時時向門裡面瞧著。

校長雖還不到四十歲，上唇已留了一撮濃黑的上髭。他拿竹子摺扇不住地開開閉閉，卻不搧動。聽了老鄉長的話便躊躇著道：「現在什麼事似乎都不用辦，只有伺候他們！有錢還可以，沒有呢？……慕老，你看這個『司令』還是……畢業，還是咱們的同鄉？……哼！那才特別上勁呢！一口官腔，一個字不高興就拍桌子，我看怎麼辦？事情多呢！……」

校長皺了眉頭，低低的話音還沒說完，門內驟起了一陣嘩笑的聲音，兩個兵士倒提著手槍從裡面跳出來。於是他們在外面訴苦的話自然即時停住。兩個兵士腳步一高一低地蹭下了階石，一個黧黑面孔的便一把拉住老鄉長的方袖馬褂道：

「老頭子，……有出賣的？在哪裡？快快說！……說！」

老舉人惶然了！他不知是什麼「出賣」，上下嘴唇一開一合卻說不出半個字來。在一旁立著的校長究竟懂事，他知道他們醉了，便任意用手向東指一指，兩個兵士咧著嘴，步履踉蹌地走去。

老舉人還沒有喘氣過來，便被校長先生掖著踅回家去。

這夜的月色分外明亮，所有的團丁除去值夜、站崗之外，都在他們的操場的樹下納涼。鎮中人本來睡得早些，這一天更是不到黃昏全閉了門。街道上各學校裡都十分肅靜，到處沒有人聲，只是斷續的犬吠從僻巷傳來。然而這幾十個壯年團丁彷彿受了什麼暗示，在初熱的清宵也有些意外的感觸，無復平日的笑談高興了。又聽了他們的頭目的命令，在這幾天內如有賭博等事發生是立刻究辦的，因此大家在一處越顯得寂寞了。

月光從大柳樹梢上漸漸升起，清澈地含有溫暖的光輝映在這細草的圓場上，什麼影像都被映得分明。在靜默中，一個帶有嘆氣口音的道：

「像這麼過上幾天真要鬧出人命來！……我們吃了地方上的供養，卻得小心伺候這些小祖宗！……」這口音明明是忍辱下的怒罵了。

「你仔細！……看你有幾個腦袋？被他們暗查聽了，活捉了你去，先吊起你這猴子來，交代上三百皮鞭！……他們做不出？你道這些……還看同鄉的面子？……」又一個說。

「反正莊稼人還能過活！一年到頭：怕土匪，怕天災，還得夠他們的，這個年頭過日子？……橫豎是一樣，若不是借了那些勢力，再來那麼幾個，就這個把式的！無法無天，先弄死幾個出出氣再說！」第一個說話的青年銜了一支香菸，說的聲音特別大了。

一時全場都默然了，有幾個正在操場中解開衣扣來回走著，有的卻正在那面用木劍遊戲著比較體勢，大多數都坐在地上。

蕭二疙瘩因為今天晚上不得賭，恢復他的輸錢，心上正沒好氣，冷冷地笑道：「不要瞎吹！說是說，做是做，看那不三不四的『司令』喝一聲，怕你不屙在褲筒裡！沒瞧見連崔老頭子都把老臉嚇得蠟黃，不信問問老牛，是不是？老牛！虧得你今兒罰了四個鐘頭的站，沒挨上嘴巴，算是時氣好罷咧。……」

于五躺在草作的披簑上沒做聲。

於是一群人便不自禁地都紛紛談著新來招兵的一群。有的說他們是做買賣來的，有的卻說這幾夜裡鎮上土娼的生意發達了，又有好嬉笑的說這位司令要討幾位姨太太回去的。一時笑聲與怒罵聲破了半夜以前的沉寂，然而于五躺在草蓑上始終沒做聲。

恰在這時，從圓場的東北角的木柵門上急促地閃過一個人影，到了這一群人的前面，在月光下閃出他那高偉的身材與闊大的面皮。所有的團丁都看明白，來的是他們的團長。他在左臂上搭件短衣，上身只穿著排鈕的白小褂，滿臉上氣騰騰地像是被酒醉了，汗珠不住地從額上滴下來。團丁都肅然起立，連躺在蓑衣上沒言語的于五也跳起來。

團長喘息定了說：「你們站好！」這句話即時便發生了效力，眾人立時成了一個半圓形，把團長圍在中間，那邊正在比劍的幾個也跑來了。

「兄弟們！不要快活了！有一個不大好的消息。我先報告一句，」團長說到這裡便停住了，看看這些團丁們的顏色，然後用較低的聲音續說：「這事恐怕早晚是要知道的，……招兵的，——司令嗎？他這一來卻不像先前那幾次來的，因為他曉得地方上的情形，他知道我們這裡有幾十個弟兄們。他今天晚上請了鄉長去，說得很厲害，不客氣！明天他便要點驗我們，要帶跟我們上前敵！打仗！連槍械、服裝，……他說這樣兵不用招了。……他是什麼官誰知道？聽說他帶了我們去至少馬上就是團長。他說在他的勢力下可以便宜辦理。……你們想：紳董們自然要說這是民團，是地方上出錢的。不成！他說那便是違抗，是民變，要帶人來繳械！……」

團長方說了這一段，一陣喧聲從這個半圓圈中紛呶地發出。團長急了，便止住他們的語聲，又緩和地說：「然而這事可說不定，我看他也沒有這麼大膽量，上頭未必是這樣吩咐，還有局長呢，聽說明天要交涉去。你們先不要著急，我不過告訴你們。……」

團長末後的語音這一群人聽不分明了，團丁們已經紛紛怒罵起來，有的是沉悶不語。過了一會，大家似乎被一種嚴肅而危難的空氣包住，便有幾個年紀大些的團丁與團長低聲談著抵抗的方法，而眾人也隨意散開各作討論。

于五早已跑進屋子裡去了，過了一會他從屋前的刺槐蔭下溜出來。忽地被一個人看見他這樣打扮，便急急地喊道：「于五，你……你哪裡去？……」

一句喊聲，立在一邊的團長的眼光便落在疾走的于五身上。他已脫去團丁的制服，在白小衣上斜插了一支匣槍，圍了周身的子彈袋，左手提了長槍，上了刺刀，匆匆地往圓場的木柵門那面跑去。團長也急喊了一句：「這時你帶了軍裝，……哪裡去？……」

「去！……先打死那隻狗小子！什麼『司令』！……」如飛的腳步已經跑出柵門外去了。團長呆了一呆，便急裂開嗓音喊聲「回來」，便追上去。同時，立在團長身旁的那幾個團丁卻也抄起傢伙隨著跑出了操場的柵門。

一九二六年六月

買木柴之一日

「你們不管如何只是隨意喊叫了，來便買下！……錢呢？盡著花，沒有的時候，便找我了！……在這樣的時代，我從哪裡能弄好多錢！……」一雲正從他那間小四方形的書室裡出來，手裡還拿著一本《印度佛教史》，走到他寢室的外間中，忿然地同妻說這些話。

「不是，……」妻抱著幾個月的小男孩，坐在椅子上說：「我原叫他去看看，沒說要買多少，……」她面色有些惶急，而小孩子愣愣的目光卻正注視著兩隻肥胖得如九月豆田中的綠蟲般的小手。

「我從哪裡去弄許多錢！……況且這些木柴現在用得了嗎？什麼時候不好買，偏偏要在這一會兒！……」一雲口裡說著這樣的話，似嫌惡又似忿急，而心中所轉畫的圈兒，在這片刻中卻已經有了不少的回還，他向來只想著一些更遠的事，對於使費用度這一類的事是不關心的。他以前的生活，用費沒記過帳目，有無不作計較，可是現在呢？這使他心中發生了自作的責備與感到無味的空虛了！他覺得他會同購買木柴發生了問題，這真是問題呢！想到此處，言語也勉強無力了，雖然他還只管煩悶地主張少買。

那叫木柴的僕人在院內蹲著道：「我以為再過幾天價目更貴呢，今春天買的一元一角，現在一元二角，冬天到了，還要貴。……」他分辯的理由何嘗不充足，一雲心裡也很贊同，他想到種種花費，到每月分上沒錢用時須得自己去料理。還有貸息呢，月月不能空過，想到這些困難的應付，便不自然的命令般的向妻說：

「留它一半罷。要四五百斤幹什麼！……在這裡又沒有多少地方可以盛放，……」其實末後的一句只是作文章的宕筆了。

結果，僕人與山間賣柴人在木欄前講究了半晌，算留了三百斤，統共三元多錢。

這時，一雲又回到他的小書室裡去了，躺在一個舊沙發上，忽然覺得胸中有無數說不出的感觸，都在這一時中奔湊而來。同時鼻腔內酸酸楚楚的，而眼眶中的熱淚便由頰邊流到白線毯上。末後，僕人從窗子外頭報告了留買木柴的斤數與價錢，一雲並沒做聲，僕人又道：「問少奶奶要錢吧？」一雲點點頭，從喉嚨中進出一個「啊」字來。

他反過身子來，用含淚的眼光對著淡綠色的牆，呆想一些紛無頭緒的事。他本想差著二元左右的一點點事又何必多管呢，昨天還不是從一個俄羅斯人開的書鋪裡買了本山音基（J.M.Synge）的戲劇與一本舊版的狄更生的 The Chimes，恰好是兩元錢。那又有什麼用處？其實就算將這兩本書看的爛熟，又怎麼樣？況且在這樣的社會裡還埋頭看書，實行呆子生活嗎？……為了家裡多買兩元錢的木柴，你就這樣忿然？……這時一雲正在切責自己，一會又將思想遠颺開去。想現在一家的大小責任在自己身上，自從春初母親病故了，半年來所有的只是悲哀和憂慮。而地方上的情形變更，幾畝田地的收入不夠，按了地丁的預徵與特捐，一次又一次，他計算，並且聽親戚家也都說，再來一次非變賣產業不可了。卻又賣與誰呢？……現在全家裡沒有負責的人，憂鬱的妹妹，好嬉玩的小孩子，忙碌的妻，……他想到母親重病半年，與將死時那兩天的光景，以及此後的茫茫，他心頭上真同利箭穿著，而喉中哽噎著。

「又不是小孩子，這樣別人來看見了真沒意思！」他勉強自己起來，對著南面的窗子向晴空下的藍色海面痴痴地眺望。住一個山麓上，地勢高敞，他坐在屋子裡可以終天望海；常望了反不覺得有何趣味。因為想像中的海闊天空的意念，一雲因環境的關係已經不大敢想了。他這一年來的經歷，使他在生活的途程中變易了多少方向。他知道十七八歲時少年憧憬的一切，以及後來欣慕的，願望的，詛恨的，奮動的對象與理由，似乎都有動搖。他由現實給予的強力與困難，使他越發混茫了。……他望著那朝陽光灑在大海的波面上彷彿織成了無數的金紋，靜靜地點上幾個漁帆，斜行的，婀娜的，輕蕩的，便有幾許詩意。又反映著一山半黃的秋葉。

他什麼不想；其實呢，這沒有系統的亂想，不能如研究邏輯似的可以解答，只是一些從現實中得來的教訓，而使他由記憶的深處將生活與思想的苦悶統攝起來，成了一個堅硬而生鏽的護心鏡，帶在他入世的甲冑前面罷了。木立了多時，看著這澄空明麗的海景，越使他增添一種憂沉的心緒！方在尋思著，忽聽得山東面的鐘聲鏜鏜，很有節奏地響起來，他猛然悟到今天正是一個禮拜日。回轉身重複由那通寢室的內門走到剛才爭論木柴多少的房間裡，無目的地問：

「今天又是禮拜日？……」

他那個大孩子正立在牆角看畫報，便稀奇道地：「唉！正是禮拜，……不見月分牌上全是紅字的一張。……」於是他也抬頭看看對面牆上的月分牌，可不正是印著25號，旁邊有星期日三個小字。

這是沒有關係的答覆，小孩子說著拿了一本《少年》跑到屋子外邊草地上去了。妻在裡間正拍著小的孩子睡，外室中只有掛鐘的達的擺動聲。一雲想了想，便忙著穿上素布的長衫，取了帽子，將要出門。

「還沒用早飯呢，哪裡去？……回來吃？……」妻坐在床上連接地問。

「不……我幾乎忘了，今天趙君約我到他家去便飯。……不用等我了，你們吃罷。……」一雲說著便匆匆走出。

在密林的深處，一陣陣飛蠅的鳴聲仍然不少。是秋來的天氣了，樹葉子多半失去了油光的濃綠，而焦乾的黃色在每棵樹上可以發見了。林中一所帶走廊的西式平房的前面，石階上幾個人正圍著一隻小圓桌飲啤酒。一條褐紅色相間的狗在草地上走著拾魚骨吃。過午的秋日，林中並不覺得溫暖。一線線的金光從樹蔭中投下來，正與各人杯中的黃色啤酒相映。主人與客人們同飲著這金色的酒，微含著愉快來消此閒暇的秋日。

主人是位面容堅定微帶滑稽表情的農業專家，半開著白襯衣的領子，反折到雙肩上去，彎著腰正引逗他的六歲的女孩，——剪短了頭髮穿著日本式白外衣的小女孩用奇異的眼光看看來客，一面隨著爸爸的手臂起落作不自願的運動。她顯然是在一群大人而且是生的客人中間失卻了她活潑的天性，感到跼蹐的不安。那位農業家還正在引逗著她說笑，他雙手引動著她，並且唱道：「排排坐，吃果果，……小黃狗，夾尾巴，……」不意他那女孩卻一句也唱不出，只皺著眉頭偷看著客們，似乎怯懼地要逃去一般。

「算了罷，你曉得怎樣種樹修芽，卻不能當保姆。小孩子被你播弄得可憐，快教她同她媽玩去罷」。一位醫生打趣著說。

「你別看不起我不懂教育，好歹長成幾棵樹還不是一樣濟人利物。我覺得那一般教育家只種罪惡，不會撒人材的種粒。所以我兄弟，……」農業家說到這裡自然而然地要正襟危坐而談了，便將女孩子的手放開。她很快地跑到走廊的後面去了。「我不教她再入中學，——所謂中國的中學，我寧肯教她到教會中學去學點切實科學，你們會罵我不反對教會教育，說我心情乖僻，然而有什麼方法？好好的子弟去白白丟掉光陰，學上些脾氣，……就是這樣的教育，合該有這樣的民國！……」他實在是多血質的人，所以做事每每好趨極端，就是說起話來也堅決得很。

醫生雖是個恬靜的人，卻也愛說笑話，聽農業家盡著發牢騷，便打斷他的話頭道：「再不要怎麼樣的『感慨繫之』了，我們還不知種樹的人都是專門家，又多是教育專門家，自然見到的便深進一層去。……你不信，陸沆，並非瞎說，自唐朝以來非一朝一夕呢。……」他說完用左手抹著下頦微笑。

陸沆——農業家，真教醫生說糊塗了，便鄙夷道地：「誰聽你這謊大夫的話！你會編派出好的來？」一雲自他們談話以來，他盡拿著一份新寄到的《導報》翻來覆去地看，並沒加入他們的辯論。這時他將報紙順手放在草地上，向著強辯的農業家道：

「伊先生的話確有來頭呢。……你不知道那唐代的文豪所作的〈種樹郭橐駝傳〉嗎？實實在在的，現今的學生哪能有樹木的幸福！哪能有幾個『順其天以致其性』的教師！毋怪你在這裡詛咒，正是有所傳授。……」這幾句算是一雲近中最有趣的話了。陸沆聽了略想想道：「你們兩個簡直在挖苦我！然而是真道理，所以我寧願師事郭橐駝，他那醜怪的精神，不願看那些每天扮上海爾巴脫，裴斯泰洛齊的漂亮面孔的人！」

一時不約而同的有一種深沉的激動落到這個小的團體的中間了！一雲首先感到陸沆說這句話的真摯與痛切，他卻又因這一點意思推廣到人生一切問題的上面，倒不覺恢復了清早起在書室內痴眺海波的故態。因兩千年前的一個文人的寓言，便令他幻感到無窮的法相上去，他竟想像郭橐駝這樣的人是先知者了！是最有幸福的了！這如麻絲糾纏的世事當中不知多少的衝突與苦痛，還不如種樹去，捕蛇去呢！誰沒有性，又誰能致其性呢？左不過為之「戕賊」罷了！細想自己也曾經過生活形式的多方面：大的痛苦與狂的歡樂，也曾過了會祕密與膽大的生活，也曾有飄蕩與自戕的時候，無限的衝撞、希望、計算、試驗，現在呢？只可在這秋海的岸邊聽著將脫的葉兒淒鳴！回想以往的自己往哪裡去了？這紛擾的人間性又是在怎樣的網羅與窟穴之內呢？這片時的聯想，竟使得一雲的思力轉了不少的曲折，末後，他不再言語，將圓桌上的一杯啤酒一口飲下。

一雲的酒量，喝一杯啤酒這不算一回重要事。他往年與朋友們在北京的飯館子中，可以一氣飲上十幾大杯花雕，有時嘔吐之後還不能改。但這一年來他竟成怯酒者，並不是飲酒受傷，或是努力戒酒的緣故，他總覺得即使飲酒也無趣味了，況且一個人孤獨的在這海濱住著，舊日的朋友都四散去，更提不起那樣狂亂而近於豪壯的精神了。他這時的飲酒只望呷下去使胸胃間有些苦澀的味道罷了，他如今並不希求陶醉。

清風從海面斜吹過來，略帶有腥鹹的氣味，而這究竟是嚴肅的風了，使人無復有溫潤煦和的感覺，終覺得清冽得很。雖然還說不到冷，林中碎飄的病葉飛舞在空中，似乎來報秋深的消息。

伊醫生過了一會首先尋著了重行談話的機緣，便將眼鏡用細絨布慢慢地擦了又擦，從容地戴在眼上，又向林前的海岸望了望，回過頭來鄭重道地：「我們不要盡著『言不及義』，陸沆，你不要因為那二千餘年死文學上的話動感情！……」

「什麼！……死文學，我根本上不會談文學：可是你的能力與我一樣。……且看他們『伊嗎』，『愛呀』，『哭啦』的話，能叫也能跳，可是我偏愛讀李太白的詩集。……」

「你又來！為什麼這樣憤憤？告訴你，我是醫生，為職業與良心上說話，也得告訴你，如今要像你這麼好動氣，每天都得氣死幾回。你這樣下去非得肝癌病不可。……還有，一雲，你不動氣卻比動氣還厲害，因為你太缺少尋愉快的能力了，老是皺著眉毛又將如何？……」

醫生說的是忠誠話，在這位堅強的農業家聽了或以為笑談，而一雲聽了卻覺得正打中自己的心事。

「這個我何嘗不知道，但是現實呢！你如何能不走入這個深重的足印之內。那末，你不是時時的幸福者，你便要不住的憂從中來！我情願拋棄了現實，一天天做我那幻美的夢，可是它步步地追逐著來，逼緊來，榨你的精力，來破壞你理想中的樂園，也曾想迷惘著向黑暗隨著黑影走，不管是碰到什麼地方裡去，可是它會喊命令叫你住下；或是立下界限叫你止住。這最苦了！既不能拋棄現實，而它的勢力又使你反抗不了，怎麼辦？我們又不會樂天，……知命，……無悶！」

「現實……你真太傻！怎樣到處談論哲學問題！」陸沆將身子靠在一棵大槐樹上，「還講現實，講現實，我們便不能生存！我們只有在空幻中過日子。一雲，你倒要學他的好！醫生，究竟是人類中最聰明的職業，安慰的，同時又是冷酷的。一切事只有客觀，不加上絲毫的感情，這樣便可安然衣食在這個小天地的中間了。我太好不平，你太好多慮，這不是都為感情所欺騙矇蔽了嗎？……這樣為人頂容易吃虧！……」

醫生禁不住笑了，一雲雖不言語，卻十分佩服這樣看的透的言論。

當斜陽為西方的晚霞接收去的時候，他們的聚會散了。醫生早已回去，一雲慢慢地踏著青草與落葉，沿著海邊的小徑走回家去。

秋日海濱的風景使人有靜穆而悲壯的感覺。掠岸的銀濤，如堆雪似的從那些大圓石下面起伏不定。遠望如藍鏡子的大海，漂浮著一層明光，似乎她努力要將她胸中的坦平與博大表露出來。浴場上只有那些木板屋子與沙灘作伴。偶然有幾個小孩子在石上提了鐵筒，很喜悅地找小蟹子。一陣陣海水的白沫打到他們的足面上去。天空中幾片白雲悠悠地宕來宕去，作秋天高空中的點綴，左面一帶峰巒滿浮著半黃半紅的色彩，映著落日幻成奇麗的景緻。一雲久已不能作詩了，然而看了這樣清美的風景，帶詩意的自然的顯示，他覺得自己不能作詩未免有點悵惘，而同時一種微妙的靈感使他有慰悅的尋求。而事實卻似乎告訴他，自然不能與你常作伴侶呢！他也想詩人好以自然作對象，其實是從強迫的現實中逃出，不得已而向自然申訴、讚美、驚奇，甚至於放浪。自然給予的喜悅又哪能夠現實的消滅！他想這是「負數」罷了。哪能說到是「函數」呢。謳歌、陶醉，我們晚了，過去了，只合讓予那些找尋蟹螺的兒童，即使偶然偷閒作自然的欣賞，這彷彿作文章似的，明明是先定了題目向上牽扯、拍合，哪能真與自然相融。天地的大精神，只可說是與天真的兒童們相接觸，這偷的，作文章的態度，不純潔的，真可自愧！他一面想著，不知是懺悔或是失望，卻無意地將腳步走到海岸的下面。立在幾個灰衣短褲的兒童的身後。

在大海的胸前，他覺得微小的多，比起那幾個手足靈活的孩子們。

他也爬上石堆上去看他們的工作，喧叫，歡呼，帶有勉勵的口音：「這裡！……這裡有！」、「大的！……大得多！……呵呵！一個小蟹子」！這麼自然的奮力，他覺得這真是人間絲毫不勉強的真實工作呢。孩子們並不在意，以為有人在監查他們，不像在教室中必須對參觀的客人有那些規律的舉動，因為他們的心目中只有蟹子與水石。一雲竭力想搜著幾句話同孩子們談談，卻比做小說還難，怎麼也想不出恰當的話。末後，勉強地問道：

「多少？……這一筒子，……」笨得不像話，自己再不往下說了。

「五個……六個，唉！還有七個呢，這個大的，……你看，好玩呢！」一個紫色而肌肉充實的孩子指著筒內的蟹子與他看，一點無顧慮地又去搜尋去了。一雲看那些微青色的比一個銅子還小的蟹子，用它們的八隻柔細的腿在那一勺的鹹水裡橫行著，卻並不醜看，不似那大蟹怒目爬行的樣子，令人厭惡。他又問那個孩子：

「什麼用，……也賣嗎？……」這句話簡直無意義了。

四五個孩子都驚異地向他望了望，不做聲，還是先前說話的那個道：「玩哩！……又不好吃！……」

一雲悵然了！又覺得慚愧！竟然沒得回答這些玲瓏的孩子。又不好意思回頭便走，便步行過這一堆石塊到沙上立定，望著他們跳動的小影兒出神。

四面的薄靄漸漸起了，西方的日光也落到海下面去，在黃昏的途中他受了打擊似的怯懦地走在將乾枯的莎草徑上。

晚飲之後，一雲同家中人都坐在屋子中閒談，妹妹看報，妻在做繡花錢袋，——是預備妹妹出嫁用的。小的孩子睡了，這是他們家庭中最清靜的時間。一雲用小刀將梨子切成薄片。電燈下，屋子雖小頗覺明亮，他們住的山下有馬路卻很幽靜，唯聞遠處的市聲在空中浮蕩著，窗外的濤聲夜中更聽得聲音大些。一會，妻做著繡工問道：

「今天的燻魚滋味還不壞，三妹妹是嗎？」

一雲的妹妹本俯著身子看報上的本地新聞，便立起來將報紙丟過一旁道：「燻魚比前幾天的好得多！清香，沒有腥氣，這幾天市上的魚特別鮮。……」

一雲方要申說他自己的意見，他的夫人噗哧的笑了，並且說：「三妹妹你也忘了！……不是魚鮮，……是用今早上買的木柴，——松木柴燻的呢。到底是山中的氣味，是不是？……」這話似乎有微慍地譏笑了，然而一雲並不回答。因吃魚又想到下午在海邊所見的可愛的小蟹子，他便用帶有詩意的語意，將他所見的告訴出來；並將他由孩子們，小蟹子，海光，天真，什麼是快樂的這些虛幻的意念也像評講文學作品似的說出來。他內在的感觸：是清早心靈上的淚跡，與午間林中的慨談兩種集合起來的，忿氣，恰消失在觸著愉悅的趣味中，使他不能再存留在腦子裡了。他很得意地講了出來，妹妹靜靜地聽著，沒言語，他的夫人卻微笑了。

一雲帶著鄙夷的口氣質問道：「你懂麼？你笑什麼？難道我讚美的不對！……」

「對呀！誰還不願意，卻是你們在詛恨，在不高興什麼現實不現實，又最好的自然，但是我是實在，——現實的實在！是這麼說罷，譬如早上買到松木柴，晚上便有好的燻魚吃，這一點不能假的！……」

諷刺般的笑容留於妻的面上。妹妹呢，也笑著附和道：「想來那些極小的蟹子用松木柴煮了特別香呢。可惜小孩子不懂得，只是一味的自然，失去了現實的味道。」

「由木柴作想，也許是現實問題。……徹底，卻又回向反面去了！……」他的妻接著說下去，他的妹妹一同笑了。

一雲也附和著笑，但是這帶有苦味的笑，反使他自覺無味！使他記起了兩句禪偈「本來無一物，何處著塵埃」的十個字。細沉的感嘆中，想著再講出來給她們聽，但覺得說不出道理來，便又嚥回去了。

一九二七年十月於海濱

海浴之後

海浴之後

記得在夏末的一天，過午的陽光射在海面與沙灘上映出奇麗光亮的色彩。海水浴場裡滿了洗浴的人，帶著紅色綠色的軟質浴帽的女人們特別有趣。她們在水中的姿勢，與出水後的身段，嬌柔的，軟活的，便使這原來荒涼的海灘添了多少的生動。觸目盡是精光的臂膊與大腿；突出的胸部與凹彎的細腰。女人們不論她是美是醜，黃種或白種，都一樣的惹人注意；更有小孩子的笑語，於是在這裡洗浴的，或看的人都似薰陶於忘我的狀態之中。

我同S與兩位C先生也在這精光的一群裡。我們在鹹水裡浸著，盤旋著，練習游泳的方法。兩位C先生是一對胖的兄弟，他們很持重；尤其是小C先生，雖則他有將近二百磅的體重與健強的筋肉，但他怕水，只立在海邊不讓偶來的海波超過了他的臍肚以上。

S是個少年的德國留學生，身體如我一樣的瘦，雖然他曾經細心研究過病理學與生理的解剖。他在水中的勇敢卻不錯，學過一個月的海水浴，居然能在水面上游過五六分鐘，但只是游，還不敢泅在水面以下。這天我們在海裡與不相識的男女們共同遊戲了半個鐘頭。我在那些小小的兒童中，忽然有一件偶然的事引起了我記得俄羅斯一篇有名小說〈異邦〉的感念。末後的疑問便是：「人類便是只知道這一點，並且千秋萬古教我們的兒童也實行這一點嗎？」

這中國海面上的中國兒童原來很少，彷彿中國人就是怕海的民族，所有的是些西洋與日本的孩子；而十歲以外的西洋女孩們更好玩水。她們活潑中的剛健，的確令人看著十分活潑。當我一個人離開同伴向東面海水較深處遊行時——因為我也不敢說泅水，只是游罷了。——一會又想從淺水處轉回來。在我前面三個外國人方自嘩笑著，扶弄，沖蕩著一個高大的西洋女人。我一面看他們的態度，一面想她一定是個妓女一類的女子。方在注視，忽然一個尖細的聲浪向我喊來：「take it and comeback to me!」我向身旁一看，流來一個如小西瓜大的花皮球，被層層的海波吹打到我的左手下面，隔了有五六米遠的淺水裡，正有四五個十五歲到十歲左右的西洋女孩子遠遠地招著手找我將皮球給她們送回。

我由她們的柔活的姿勢看來，不覺得便笑了，並且遠遠地回答著，便把球走到她們面前，並且談了下面的幾句話：

「給你們的球！快樂呀！小朋友們！你們是美國人還是英國？」我用英語同她們談。

「Ah! We are niether English nor America. We are the Ladies of France!」一個最大的體高如將近成人的女孩子用了她這樣不自然，與自尊的英語向我白瞪了一眼，這樣說。

我笑了笑，離開了她們，卻還聽得她在那裡用她的本國話說著：「狡猾的中國人！」這彷彿在詛怨了！小女孩子知道什麼！我不與她們計較，回到那三位同伴在岸上休息的沙堆邊，他們正躺在那裡休息。然而這近處多半是些中國的少年，還有幾個剪了髮的姑娘；一個細細的身材，姣白的皮膚，橫梳著愛司髻的姨太太式的少婦，緊跟著一個四十歲左右的男子。西一面是些黃髮高軀的歐美人，東邊是一群日本的婦孺，——這顯然有些敵國的形勢。

這是所謂世界呢！我在想了。海水湯湯的流著，一層浪花翻滾上來，後面的層波便推擁著它往前急進，濺到沙上的溼痕，時時從我們的足下浸過去，而一群為皮色言語所隔離開的英雄們，正各自在用不同的聲音，談著歡欣的故事。

陽光漸漸從遠的海邊沉下去了。雖在夏日，風掠過海面也覺得微涼，況且有一身的鹹汁，更不好過！於是我們便一同跑回我們的白色板屋中去，輪流著到噴水機下去洗刷周身。因為只有兩個水機，又是當這天人多的時候，所以分外忙。我同S走進水機的木門時，正有兩個日本少女在那裡噴洗，我們只好等待著，人卻在我們後面又進來了。兩個極胖的俄婦，與一個面容兇殘的男子，直待那兩個少女從容抹洗過她們圓柔的紅色皮膚之後，方才赤足走去。這時S君跟我便履行這挨次的權利了。我們一同立在青灰地上扭開了唧筒，那激涼的水花便從上面急雨似的飛下，冷得令人寒噤，然而全體卻十分爽快。那三個男女彷彿等待的心焦了，說著話卻努力地看著我們，不意的襲擊！我的肩頭陡被一隻肥手推了一下，有力的又似是忿然的推進。一個臉上肉似橫生的，胸前紅浴衣如同裝了兩個大的瓜兒一般的俄婦，向前警戒我，並且指著她的白色的鞋子。我笑了：「有它，」我指著水機；同時S君又用德國話向她說「在噴水機前穿白鞋子是頂上當的事」。她似乎不十分了解，還是大聲的爭論。那個高大的男子也向我們說些我們不懂的話，我們並不與他們再分辯什麼，便離開噴水機，三人忻然地走上去，鞋子沒有「問題」了，我們便為了這樁笑話，作了回時一路的談資。

「不打不成世界！」這是大C君在沙堤上發的感慨的話，但S君卻不以為然。

「打也沒有完！」他輕便地走著並且說：「種族也沒有問題，那不過是在表面上的荊針啊！其實金錢與利慾才真是支配了這些直立的動物。……」

「那我們也在內了？」大C君的兄弟，——一個怯水者問。

「誰不是一樣？這關係不到什麼『性善』、『性惡』的問題，總之，不自私便失去了人的自然！那些種族，那些憤怒與乞求，……」

他們都還是青年，說著這些話，我正在分析著法國少女與俄國胖婦的心情，於是我們便在沿道的綠槐蔭下踏著平坦的瀝青道回去了。

然而我究竟愛法國小姑娘的剛強地活潑，而對於呶呶善怒的俄婦終是留下了一點憎惡的意念。

我們一同在兩個C君家裡，——也就是我的姨母家中晚餐的時候，還有他們的兒童教習趙先生，很有興致地談起這些複雜問題，共同的題目便是外國人。

大C君是個善於栽花的園藝家，好作歪詩使人發笑，又能在大屋子裡口上吹打著舊舞臺上的樂具，做出《落馬湖》武花面的臺步，這是他特別的技能。他居心說來似是個親日論者，他說：

「無論如何，日本人不可輕視！將來了不得！他們自治的能力，競爭的手段，摹仿的漂亮，精悍剛毅的性格，連西洋人他們也瞧不起！——看：這地方的美國兵，能喝酒，能跳舞，在街上乜斜走著，彷彿腿過長了沒有支持力，時時得坐不文明的東方人力車。日本兵，什麼樣的都有，卻沒見有在街上酗酒的，胡鬧的……」大C君正在數說日本兵的紀律。

「但是」，趙先生含著舊翠嘴的旱煙桿，慢慢地說了：「上次打毀了本地的警察署，將那黃衣警士拖到他們的居留民團裡，是不是那些短小精悍的人們？」

「那，……」大C君的論據有點動搖了，趙先生卻接著說：

「總之：那國人比起老俄來還好！也還不可憐！這不容易說：在兩個方面，……」趙先生多年前是省立的高等學校畢業生，所以說起話來總有些邏輯的口氣。

「該死！」大C君不遲疑地在報復趙先生的話了。

S君道：「趙老師的話還持平，真的，這些穿起中國特有的灰色衣，拿起槍來射殺中國人的高鼻子；不但一般人恨惡他們，與他們同連同棚的中國兵們何嘗不另眼看待！——然而他們也有些穿了高筒皮靴，跨著指揮刀，在驕橫的狀態下來籌畫殺滅你們的方法。不就每天彷彿受了鐵鷹勳章似的榮耀，挽著俄賣淫婦的光膀子到處出風頭。……」

「有的卻為吃飯呢！」趙先生顯然是個人道主義者，他又在解釋這人類罪惡的可諒點了。

「沒出息罷了！——我見多少鄉下人議論：中國兵是中國人，無論如何，還可體諒，就使打敗了仗，背了包裹逃走，也可躲一躲。獨有那些高鼻子的東西，一天不拿槍，中國人是饒不過他們的！……」S君述他聽來的民間輿論。

「這情形自然是有的。人民潛存的憤恨，對於外國人尤其利害。可是人類的衝突，多半是如此：一面是打自己的臉，一面又是太滑稽，是喜劇又是悲劇。他們知道什麼？被中國的軍人們驅使著，恭維，而同時引誘著，平時是火酒，牛肉，上陣便作先鋒了！……」趙先生悲憫的話。

大C君將一支聯珠香菸連吸了幾口：「尤其討厭的是俄國窯子！不如中國人的裊娜；不如日本的風流，那些母夜叉的樣兒到中國來露臉，與同他們的男子一樣！」這完全是不相干的題外言語。

S君大笑了。即時重將今天在噴水機下的肥胖俄婦的情形說了一遍，於是嚴重的討論，變為一出喜劇的尾聲。

在夏夜的星月下，我沉思著走回家去。

他們的話我靜靜地聽著，在回路時的心中添了不少的思索。我也記起了一段故事。聽說這一省的南部人民，經過戰後，偶有走不及的俄兵，便被當地人民拿去用舊日的凌遲法處死，或用煤油燒死，這過於慘酷了，如同在小說中看到非洲土人的刑法。然而狂熱的憤怒，它的爆發的火花誰能遏止得住！在樹影深深，與星光皎皎的夏夜裡，記起來，覺得那真是人類不可說的活劇呢！

重複尋思著S與趙先生的話，如電閃似的，又記起以前所見的兩幅圖畫。

一個大都會的大學校門首，一群一群的學生如潮水似的往外擁流。正是十一月底的冬天，北風吹得人人都有些打戰，而輝煌的文化淵泉的大門首，正有個穿了破紅長布帔的俄國的貧婦在那裡伸手討幾個銅子。眼是那末大，沒一點亮光，手上滿是凍瘃；薄薄的懷中，還有一個兩三歲的兒童。——他不生在大彼得的時代，又不生在革命一類人物的家中，他只好隨了命運蜷伏在他母親的懷中，聽著向異國中趾高氣揚的少年男女們討要一個銅子。然而她還是不住口的說 Good man，她只會這樣的外國話，她也只能說這樣話了！——這是三年前目睹的圖畫。

為了鄉中的農民，不肯將大的黃牛牽去，兩個兇狠的俄兵瞪了眼睛，將柔懦的牛兒硬帶了去。農人們追趕著，喊著，不管他聽明白聽不明白，盡他們所有的力哀求，解說牛是他們唯一的牲畜，是耕地吃飯的護符。——然而這有什麼效力！再近前些，指揮刀在叱吒聲中揮下來，一個二十多歲光了脊背的少年農夫便算在青草地上先殉了牛葬，眾人喊一聲走散了。因為他們手裡只有希望，沒有刀槍。遲行的牛隨了兩個高大的影子走向他們的營壘中去，農人的死，只作為驟得暴病！——這是幾日前聽見確實的鄉間消息。

我想著，覺得這路很長！眼前有些模糊了，雖是星光似將明日的溫暖從空中先給人

海浴之後

們散布出來，——而我的海浴過的身體卻像受了風寒似的！

樹影深深中彷彿有法國少女的花皮球，與那肥胖的俄國婦人的有力的手在眼前與在肩上。

一九二七年十月二日

讀《易》

讀《易》

秋末的黃昏後，我在書室裡方為鑒秋同誠子講過一篇〈周末學術變遷略史〉。因為當中曾說到《五經》為研究中國舊學術必讀之書的話，無意義的聯想，忽然使我想起十八年前一個秋夜，在故鄉的書房同大姊讀燈書的故事。那時，在舊式書房的外間窗下，我一手捻著個小核桃，在油燈的背影裡讀那不易明白的《易經》。如今在這波濤澎湃的海邊山上，呆呆地回想那時的情景有點神祕。覺著似有一段心情牽扯著，可也說不出為什麼來。

《繫辭》的兩句話，也是久逃出記憶之外的句子，這時突然回到記憶的邊緣上來了。「作易者其有憂患乎?」、「易之為書也原始要終以為質也。」片段地記得有這麼兩句，便急想著找本《易經》對證對證。——這似乎是過分的安閒了，在這樣的時代裡?然而人心的波動奇怪得難以思議，自己既不明了，可也難用事實管束得住。可惜我帶來的幾本舊書裡竟沒有一部《易經》。若在平時我倒不在意，而這時可受了心上的責備。後來突然記起寫字桌的底一層抽屜裡，有一部明版的《易象管見》——還是今年夏初從伯兄家特意借來當古董看的。似乎這點發見比起當年在燈下背得過幾篇長漢文還更欣喜!

這部書以前我沒有見過，似乎《四庫書目》裡也沒有提到?大本子，絳黃色的紙張，字跡印得方正明潔，雖是差不多三百餘年了，卻絲毫沒有損壞。我坐在籐椅上從最後兩本先翻閱起，果然找到了。自己拿著書，不禁想多年的記憶力還不壞，然而不想一頁一頁的作古董文理的研究了，便把舊書重複放下，想想這兩句書容易記著的原因。

一個人思考力發達得較早些，也許不是福氣？記得當我年十一歲時，同大我兩歲的姊姊在書房的一張楸木方桌上，——有藍絨的桌毯，兩本木板書，一副現成的筆硯，——燈影搖動中，我們的讀書聲與窗前臘梅葉子沙沙響的聲音互相唱答。姊姊讀那是《古樂府》，我卻在讀那「上九 六三」的奇文。

如今呢？如今呢？更無心情去理清那些古奧字句！有時走在街上，碰到算「文王課」的課桌上畫的乾坤等卦的符號，動一點異感罷了。至於碰到講「國學」的書籍，有分析《易經》的，我總是皺皺眉頭略過去，不願多看。

然而這天晚上卻有些異乎平常，重新找到了《易繫辭》的舊朋友了。一樣的秋末黃昏，那黯淡的遙遠的童年印象從煙霧中慢慢地展開。

「弟弟，你提著燈籠先走。——我害怕！我走在後面。那角門口的大臘梅樹下陰森森的。」大姊比我大兩歲，是叫她陪我讀燈書去的。我便提著一個白紙糊的鐵絲燈籠先出去了。到書房去須經過一個院子，這所院子裡的小角門外一棵大臘梅，每到下雪的時候滿開著黃瓣絳心的小花，雖然不及白梅花，卻別有一種豐神清濯的趣味和甜蜜的清香。臘梅的前面，一棵挺立的松樹，是一百多年的古樹了。每當我們讀書的時候，雖沒有大風，也常聽見它響著刷刷的聲音。那時我一個人走過角門，一陣微風吹來，把紙糊的燈籠吹滅了。在大長葉子的臘梅樹下立著，微覺得四圍全是空空洞洞的，但並不十分害怕。驟然，在心裡得了快活的趣味，便提著沒有明光的燈籠躲向樹後去。不多時，大姊的腳步聲從角門裡出來，並且喊著：「你上哪裡去？——這樣的黑！」我便突然道：「啊哈！啊哈！」大姊急喝了一聲，便想轉身跑回去，我卻拍著手大笑，「姊姊，我呢。」

大姊道：「你這混帳的！……」待要舉手作打我的表示，我就笑著先跑到書房中去。

那一晚上我開首讀的自然是那中國古哲學書——《易經》了，我正在讀《易．繫辭》。多日前我盡著記那一卦一卦的東西，彷彿把我從爛漫的童年提高到了「大人君子」的地位；尤其是那些「元吉」、「無咎」的話，雖有先生的先講，我只當它作一種誦讀的符號而已。那位微有白鬍的王老先生，的確對於易理有些精密的研究。他弄些《皇極經》，與講《洛書》、《河圖》一類的書，終天同《易經》對比著抄，看。這是他多年前的嗜好，並不因為我們兩個孩子才研究這樣繁雜的教授資料。據說，他在一些舊塾的先生中是最能知道教授法的。他每天除了教我們之外，便拿著短短的旱煙管圈點《易經》，還有一部手抄的小字《華嚴經》，有許多許多的小注在上面。這是他終天不離手的兩部書。我當然不知道這書中的精義在哪裡，在我那時，覺得《易經》比《尚書》還不難讀，它是分卦，分數目的，我記誦得還好。獨有《書經》，那真不是好書，——在那時便常常這麼想。有時我們跟他學筆算，雖然用的課本舊些，然而在十幾年前最流行而且最合用的還是那一部三大本的《筆算數學》。的確，王先生也是個特別的人物，他不但懂得這三大本的數學，並且他用中文的符號比算代數與《八線備旨》，那小字石印的《數理精蘊》，也常常的在他的書案之上。人都知道他懂得數學，可是這個稱許的由來，並不只為他知道「筆算」與「八線」等等的奇妙，也因為他對各種卦都能卜算，以決休咎。

那晚上我同姊姊匿笑著攤開書本，各自朗讀著，讀音中夾雜些笑聲，是在臘梅葉下的餘音，然而一會卻被書理給迷住了。大姊讀的是陶淵明集子裡的《移居》與《讀山海經》幾首，我聽來覺得比我讀的那些句子有趣。而且每聽到「過門更相呼，有酒斟酌之」與「孟夏草木長，繞屋樹扶疏」的好句，便似有個古服蒼髯的老人，——自然是從圖畫上保留下來的印象，進得門來，同另外一個老人在那裡拱揖，袖子很長，指甲露不出來，拱手的樣子，總得高過頭頂。有酒，有酒，他們的臉上成了赭色了，蒼髯也豎起來了。——尤其是「斟酌之」三個字有味！然而即時一片綠油油的顏色，在燈前展開，「扶疏」，知道是在搖曳罷了。有風自然也有急鳴的知了；草木不知甚麼名字，大概很高？可以在下面捉迷藏、黏知了玩。我們的書房院中兩棵大棗樹上，夏天也是如此扶疏地搖著。眼前朦朧了，一歪頭碰在書架子上。「啊呀，好痛！」卻一邊口裡還在嘟囔著：「易曰，易曰，——憧憧往來，朋從爾思。子曰——子曰何思何慮？——何慮？天下同歸而殊途。……」自己從讀《易》聲中驚醒，摸摸頭皮。那邊的大姊卻伏在桌子上笑的抬不起頭來。王先生聽見聲響，從裡間裡一手拿著才摘下來的花眼鏡，一手拿著沒有煙的旱煙管走出來，看看我也笑了。只說：「快念，快念！這部書再有十天便可讀完了。……好好地念，不明白的來問我。」於是他又到裡間裡去做他的神祕工作去了。

大約在九點鐘的時候，大姊的功課完了，我聽講過明天的生書，再溫讀一篇漢文，這燈下的課讀算完全了。仍然我將小紙燈籠點起，我們便重行經過有松樹的院子回到內院去。我們走到母親的屋子裡的時候，母親同僕婦，還有在我家中做針黹的一位姑娘，早將山藥削成，放在煤油爐子上燉著了。這是讀燈書的特別的食品。在我們那裡，冬天的山藥是很賤又很好吃的東西。母親買的時候都揀沙土地中出產的，為它清脆且甜質多。每每整筐子買來放在沙中培著，晚上削成比銅子還薄的薄片，加上白糖清燉著吃。據說是最有補益，而且能以潤喉的食物。我們從書房到上房門口的時候，便已經覺到口裡先有那又甜又軟的滋味了。這晚上因為爐子中煤油少些，山藥便熟得慢。然而大姊跟我都不覺得害困，於是燈光下大姊幫同母親分配絨線——為的是分與繡花的女人，我便從桌子上拿一本《封神傳》在爐子後面沒頭沒尾的看。

《封神傳》是我小時候看的第一部長篇小說，每逢散學回來，就拿這部書著迷似的看。甚至可將上面的人名別號、誰的法寶，毫不費力地說出。別的都還明白。獨有那書上所說的「闡教」，我卻不十分清楚是什麼樣的教義。

那晚上的山藥燉得分外甜爛，連汁子都同碎玉煮成的一般。我同大姊一人吃過一碗，母親只呷了一口，便向在案旁擦小刀的姑娘道：

「蕙子，你看這回老宋買的山藥很可口，絕沒有苦味。」母親拿了水煙袋正將火紙筒點著，在說。

蕙子穿了月白的竹布短褂，青繭綢褲子，正背了燈光立著，一條鬆鬆的辮髮垂在背上。她聽母親這樣說，便回過眼光來看著我們碗裡的山藥道：「可不是！看顏色也白些，聽上街的宋大爺說：『這是從集上幾十擔中挑了一擔，說是在淮河東邊的沙地裡出產的。』——大小姐，你嘗著怎麼樣？……」

「好是好！」姊姊在同她說笑話了，「可是你削上些皮，——所以吃著麻辣辣地。」

「大小姐你慣會挑人的刺，好容易一晚上才削出這些來，哪裡有皮？——在哪裡呢？」蕙子將小刀放在牆上掛的竹筒裡面。

「在哪裡？在肚子裡了。」姊姊說著忍不住笑了。母親也笑著把青青的水煙氣噴出來：

「蕙子，你不要聽她小孩子的瞎說，你哪裡會削上皮呢。」

「還是人家安靜，不像大小姐專好難為人。」她說完看著我笑了一笑。

我正在看黃飛虎大戰的熱鬧故事，沒十分聽明她們談論些甚麼。我將書夾在左腋下，便得意道地：「我來說說這風火輪和黃飛虎的故事——大家聽！」居然有演說家的姿勢。

母親禁止我說，因為看了看那牆上掛的舊式帶兩個鐵錘的鐘，時針已指著十點了。便催我們去睡。我快快地認為失去發表這個故事的機會，蕙子也眼巴巴地望著聽。

那時一陣細雨，打在庭前海棠枝上，聲音沙沙地，我朦朧地睡在窗下的薄棉被中了。青青的東西很整齊，又如泛蕩著輕煙似的，排列著，遠了，舞動著，——穿了土黃色的袍子，白鬍子，如嵌著縷縷的銀絲，手裡不住地一上一下。變了，一條條如白玉似的山藥，都生了許多皺紋，成了無數的小老人。彼此作著揖。三個眼睛的怪物，腳底下的火，飛來飛去，在雲端裡。啊呀！所有正在跳舞的小老頭都被吃了。——刷刷幾聲，許多的銀絲鬍子都向我面上拋來。——我嘴唇在唧唧地動了。醒來看看沒到自己住的屋子裡，卻躺在母親的小頂子床上穿衣睡著了。

母親在大方凳子上對燈坐著，正縫著白布襪子。大姊早到她的屋裡睡了。蕙子鬆披著額前短髮，用綠絨線綳凳子。她一抬一放的彎曲的左臂，那影子在我臉上一明一暗地閃著。我沒有做聲，但聽見窗外淅淅灑灑的雨音，正在彈奏著輕清的音樂。夢境的幻影大半模模糊糊了，只有在臉上一起一落的手影，如演魔術似的。

「看他盹得這個樣兒，還是不睡。這回大約做飛虎夢了。」母親這樣說。

「也應該歇歇了，又念了半晚上的書。」蕙子把針停住道，「也是累人呵！……」

「好在不逼他苦念，只是多識幾個字。小時不成，到大更沒法哩。照我們這樣人家的孩子，不好好念書，待幹甚麼？」

「是呢，人家都說——念得好將來還有好處，太太不用愁。……」蕙子眼光靈敏地向母親看了一看，便即時低了頭，又綳她的凳子了。

母親嘆口氣不言語。不多時把襪子放在案上，又吃起水煙來了。我呢，便藉著嗆煙醒了。從蕙子手裡喝了一杯茶，隨了乳媽到東屋裡脫衣睡去。

一夜的秋雨沒有停止，我不斷地聽著，然而睡得很濃。

十八年後一樣的清秋之夕，我卻拿著《易象管見》在燈下沉吟。雖在沉吟，但聽著拍岸的秋潮聲浪澎湃。一瞥眼又看到那「其有憂患乎」及「原始要終」九個字，我便把書拋在案上，立起來，靠著開的窗子，在暗中呆望著冥黯的波濤起落、翻滾，沒有一霎的平息。

一九二七年十月五日夕

沉船

「再走半天，我們便見那一望無邊的大海了。——海是怎樣的好看！劉阿哥見過來，是不是？那些像生了翅子般的小舢板蕩來蕩去；——在上面如果拉著胡琴唱《二進宮》，那才好聽哪！在水上面心地清爽，嗓音也高亮。……」人都叫他高個子顧寶的壯年車伕，正在獨輪車的後面推著車把與前面的劉二曾說話。

劉二曾是個將近四十歲的農夫，在農閒時便給人家剃頭，但近幾年來也改稱理髮匠了。他們推的車子上，一個是四十多歲穿深藍土布褂子的婦人，兩個七八歲、三四歲的孩子，是劉二曾的妻、子。

「那自然！你忘了幾年前咱一同來販魚的事，還過海去玩過德國大馬路？我真不暈船，有些人就不敢。」劉二曾推車子過了幾個鐘頭，有些支持不住，說話喘著氣，沒有他那夥伴的自然。

「咦！你怎麼啦？別說能坐船不能推車子，你看還隔有十里路才打午尖，你就把不住車把？——我說：你在家裡做輕快生活慣了，手裡的勁一天比一天少，你還要到關東去『闖』！那邊才更得吃苦！我不是去過一趟？就那個冷勁，咱這邊人去便受不了。你，雖然有親戚在那裡，卻不能白吃。賺錢是容易，可是下力也真受罪！……」

劉二曾一邊喘著氣，一邊往前看著那匹瘦驢子道：「不吃苦還能行？……皇天不負苦心人！誰叫咱那裡不能住來！好好的年頭，誰願意捨家離業地跑？幸而我還會這點手藝，到那邊去也許容易抓弄。——總之，一個人好說，有孩子、老婆，真累人，誰能喝風！」

他的妻在車子上，抱著的三歲小孩正在睡覺，聽丈夫這樣說，便道：「你別埋怨這個那個！誰拖累誰？我原說將孩子寄養在人家，我一個出來找『投向』，吃的也好，穿的也好，還可以見見世面。不是你不？大的、小的，老遠地拖出來受苦！」他的妻是個能幹而言語鋒利的婦人，幾句話便說得她丈夫不再言語。

丈夫只在氣喘中向道旁的石堆吐了一口唾沫。

顧寶很聰明，這時向前行拉著套繩的驢子，「喝喝」的喊了一聲曼長的音調，驢子便走得慢了。他於是用披的白布將額上的汗珠擦擦，笑道：「算了，我說你們兩口兒好吵嘴，一路上總是你抱怨我，我抱怨你。『單木不成林』，『單絲不成線』，困苦的日子在後頭哩！隔著沙河子還有多遠！你們到了現在誰也不要說誰，橫豎拆不開來，還要好好的做人家。——了不得！我也餓了，這車子分外沉，二曾，到酒店好好打一壺來咱喝行不行？」

「哪有不行！」她在車子上笑了，「找你來幫一路上的忙，耽誤了工夫，他難道連一壺酒還捨不得？我說：——過個十年、八年，我們過好了，我打發阿耔到家鄉來搬你顧叔叔去住些日子哩！」

「一定！顧叔叔，我來搬你，咱一同坐小舢板。……」在右側斜臥的理髮匠的大兒子——一個八歲的小孩很伶俐地回答。

於是他們暫且住了談話，車子也慢慢地走上一個山坡上去。

午刻的晴光罩著一簇簇的柞樹林，大而圓的葉子被初秋的溫風翻動，山上山下便如輕濤疊擊的聲音。這些林子在春日原是養山蠶的地方，到夏末秋初的時候尤為茂盛，是沿南海一帶人民的富源。但近幾年來，山蠶卻已減了許多，雖有不少柞樹，春間可沒多少人到山上放蠶。沿山小徑，全是犖確碎石與叢生的青莎。有許多灰色黑點的蚱蜢跳來跳去，因為天旱，這些小生物們便日加繁殖。

兩個推車子的人臉上滿流著很大的汗珠，背膊上的皮膚在炎灼的日光下顯出辛苦勞動的表色。他們在亂石道上推著，道路難走，他們言語的精力都跑到光腳下去了。

約摸有半點鐘的工夫，他們在一所不等方的石頭建築的屋前停住了。驢子半閉了眼睛，似乎在尋思它那辛勞無終的命運與盲目的前途。兩個孩子跳躍著去捉蚱蜢。劉二曾坐在石屋前的粗木凳子上，扇著破邊大草帽，不住用手巾擦著汗。他的夥伴，那好說笑的顧寶，卻在草棚下蹲著吸「大富國」牌紙煙。

這個酒店的地方名叫獨石，是往紅石崖海碼頭的必經之路。這一帶山陵的地層，都從石根土脈中隱映著淺淺的紅色，似是表現這個地方的荒涼。圍繞著三五人家的小村落，很多大葉子的柞樹與白楊。道旁，三間亂石堆成的屋子是一所多年的野店。本來是大塊白石砌成的牆壁，都被木柴火煙燻得黯黑了。石屋前，荊棘編成的柵門上斜懸著一個青布的招簾，正在一棵古槐樹下橫出的老枝上飛舞著，包含了無限的古詩的意味。每每有過往的行路者，在幾里路前看見這個招簾，便不禁興起一種茫昧、渺遠的感想；也禁不住有村醪的濃烈的味道流到乾苦的嘴邊。

野店的主人與這一夥客人作照例的招呼，到石屋中預備大餅、蔬菜的肴品去了。缺角的小木桌放在茅棚下荊棘編的柵門以內，放上一沙壺的山村白燒，一大包花生，兩個粗磁酒杯。理髮匠同他的妻、他的夥伴飲著苦酒，恢復他們半日的疲勞。

「這地方真好！劉二哥，我多咱再娶房家小，一定搬到這裡來住。人家少，樹木多，先不愁沒得燒；又有山，有海，再過二十里地便是大海。春天吃魚蝦多麼賤！你說，……你還不如不要老遠的到沙河子，就在這裡混混不一樣？」顧寶一連喝了三四杯酒，精神爽健起來。

「顧叔叔，你又會說這現成話了。你沒有女人，沒孩子，哪裡也可以。我們哪能夠在這裡住，吃山喝海水，倒可以？……」理髮匠的妻即時給他一個反駁。

那瘦黑的理髮匠呷下一口酒，北望故鄉，都隱藏在遠天的雲樹下面了，一段數說不出的鄉愁，在他呆笨的心中起了微微的動盪，他更無意去答覆他的夥伴的話。他想到那故鄉中的茅屋，送與鄰人家的三隻母雞，那種了菘菜的小院子，兩個讀書的侄子（每天當他挑了理髮擔子到街市上去的時候，一定碰到兩個小人兒背著破書包到國民學校中去），更有將行時伯兄的告誡話，勸他先在家中住過一年再去。這些情形與言語的回憶，他在這野店前面看著新秋的荒山景物，便從他的疲勞中喚回來了。他到了這裡也有些遲疑了，然而看看那言語鋒利而性格堅定的妻，便不說什麼。及至回過頭去，又看見草地上嚼著乾饅頭的兩個孩子，兩滴清淚卻從他那灰汗的頰上流下。

店主人銜了二尺多長的黃竹煙筒，穿著短衣、草鞋，從石屋的煙中踱出來。因為與顧寶有幾回的認識，便立在支茅棚的彎木柱下同他談著。

主人有六十歲了，雖是沒有辮子，還留有三四寸長的花白短髮。乾枯的臉上橫疊著不少的皺紋，他那雙終天抖顫的手指幾乎把不住這根煙筒。

「哪裡去？你送的客人到關東去嗎？」

「正是呢，近來走的人家一定不少？」顧寶這樣回問。

「哎！一年不是一年！今年由南道去的人更多。由春天起，沒有住閒，老是銜著尾巴——在大道上走的車輛。多麼苦啊！聽說有的簡直將地契交了官家，動身去，——這樣年頭！」他說著，頻頻地嘆息。

「說不得了！像他們這一家還過得去，不過吃飯也不像前幾年的容易了。好在他們有親戚在那邊叫他們去，還好哩。——你這裡生意該好，……茂盛吧？……」

「什麼！你看什麼都比從前貴了又貴，我家裡滿是吃飯的人口。現在鄉間倒不禁止私塾，可是也沒學生，誰還顧得上學！我這把年紀，還幸虧改了行，不去做『先生』。不然，……」

「你說，我忘了。記得前十年你還在北村裡教館，……你真是老夫子！就算做買賣也比別人在行。」顧寶天生一副善於談話的口才，會乘機說話。

店主人被他的話激醒了，驟然記起幾十年前那種背考籃做小抄的生活，到現在居然在「雞聲茅店」裡與這些「東西南北人」打交涉。一段悵惘依戀的悲感橫上心頭，便深深地嘆口氣道：

「年輕的人，你們經過多少世道？真是混得沒有趣味！眼看著『翻天覆地』的世道，像我也是在『無道邦』中的『獨善其身』呢！」

顧寶不大懂得這斯文的老主人末後的兩句話，只好敷衍著說：「可不是。人不為身子的飢和寒，誰肯出來受磨難呢！」

老主人敲著黃竹煙筒苦笑著走去。

這時樹林中的雄雞長啼了幾聲，報告是正午的辰光。顧寶吃飽了大餅，躺在茅棚下的木板上呼呼地睡了。理髮匠與他的妻對坐著並不言語。他望著從來的道上，那細而蜿蜒的長道像一條無窮的線，引導著他的迷惘中的命運。他對此茫然，似乎在想什麼又想不起來。

兩個孩子不倦地在捉蚱蜢，而驢子的尾巴有時微微的揚起去拂打牠身上的青蠅。

他們於日落時到了紅石崖的安泰棧內，便匆忙地收拾那些破舊的家具行李，預備明天的早船好載渡他們到T島去再往大連，實行他們往關東的計劃。棧房中滿住了像他們、或者還不如他們的難民，一群群淌鼻涕、穿著破袖的男女孩子在棧門前哭鬧。幾匹瘦弱的牲口，滿路上都丟下些糞便。海邊的風濤喧豗中彷彿正奏著送別的晚樂。理髮匠將家口安頓在一間大的沒有床帳的屋子中，一大群鄉間的婦女、孩子們在裡面，囑咐他們看守著衣物，便同顧寶出來探問明天出航的船隻。

棧房的帳房中堆滿了短衣、束帶、穿笨鞋子的鄉漢，正在與帳房先生們說船價。

「明天十點的小火輪，坐不坐？那是日本船，又快，又穩，價錢比舢板貴不多。你們誰願意誰來。恐怕風大，明天的舢板不定什麼時候開。」一位富有拉攏鄉民經驗的帳房先生用右手夾弄著一支毛筆向大眾引動地說。

理髮匠貪圖船行的快，又穩便，便按著定價付了兩元多錢的小火輪票價，又到大屋子裡向妻說了，妻也贊同，因為聽說小火輪比帆船使人暈船差些。

他那個大孩子聽說坐小火輪從大海裡走，驚奇得張著口問那船在哪裡，船上也有蚱蜢沒有這些事。

顧寶等吃了晚飯後，他說趁太陽還沒落，要同理髮匠先去看看明天拔錨的小火輪，因為他是坐過的，理髮匠還是頭一次見，他情願當指導人，理髮匠的大孩子也要去。

於是他們匆匆地吃過棧房中的粗米飯便一同走出。

棧房離海不過百多步遠，只是還有一段木橋通到海裡，預備上船與卸貨物的人來回走的。紅石崖雖是個小地方，然而到處都是貨倉，是靠近各縣裡由船舶上輸運貨物的重要碼頭。花生、豆油、皮張，都在幾十間大屋子裡分盛著，等待裝運。一些青衣大草帽的水手們三三五五的在街上的小酒館中興奮地猜拳，喝酒。煙靄的黃昏裡他們走在街心，聽著那些喊賣白薯與棗糕的小販呼聲，各種不同口音的雜談，已經覺得身在異鄉了。理髮匠因為要使異鄉的人比較瞧得起，便將他在故鄉中到主顧家去做活計時才穿的夾大衫穿在身上，那是一件深灰色而洗得幾乎成了月白色的市布大衫，已經脫落了兩個鈕子。晚風從海面撲來，掃在他那剃了不久的光頭上，有點微冷的感覺。顧寶還是短衣、草鞋，不改他那勞動者的本色，只是不住地吸著「大富國」的煙卷在前面引路。

這裡沒有整齊潔淨的碼頭，因為來回航行的多半是些帆船，除掉一二隻外國來作生意的小火輪以外。沙土鋪成的海岸上面全是煤渣、草屑，一陣陣秋風挾著魚腥的特彆氣味從斜面吹來。岸上還有一些漁戶搭蓋的草棚，在朦朧的煙水旁邊，可以看得見一簇簇的炊火。全是汙穢、零亂、紛雜的現象，代表著東方的古舊海岸的氣息。理髮匠盡跟著他的夥伴往碼頭的前段走，隱約中看見白浪滾騰的海面。那蒼茫間，無窮盡的大水使他起一種驚奇而又惶怖的心理。他對於泛海赴關東的希望在家鄉中是空浮著無量的歡欣與勇敢。及至昨天在野店門前已經使他感到意興的蕭索了。當他來到這實在的海濱，聽著澎湃怒號的風濤，看著一望無邊的水色，他惘然了！「為什麼走這樣險遠的路程？但怎麼樣呢？」在黃光闇弱的電燈柱下，他站住了。

「來來！咱們先到這船上蹓躂一下。」顧寶說時已經隨著幾個工人打扮的從跳板上走到一個黑色怪物的腹面上去。

那鉤索的撲落聲，煙囪內的淡煙，一隻載不過二百噸的小火輪正在海邊預備著明天啟行。

顧寶像要對理髮匠炫奇似的，自己在船面上走來走去，像表示大膽，又像告訴他有航海的知識。望望海裡的船隻燈火，便不在意地將一支剩餘的香菸尾抛到海心去。「咦！你不上來看看，先見識見識，來來！」

但理髮匠倚著電燈柱子搖搖頭，他對著當前的光景盡是不了解，疑悶與憂愁。

一群一群衣裳襤褸的鄉人們走來，著實不少，都是為看船來的。一樣的淒風把他們從長守著的故鄉中，從兵火、盜賊、重量的地租、賦稅與天災中帶出來，到這陌生的海邊。同著他們的兒女、兄弟、夥伴們，要乘著命運的船在黑暗中更到遠遠的陌生的去處。

夜的威嚴罩住了一切，只是沙石邊的海沫呻吟著無力的呼聲。在荒涼的道路上，顧寶終於不高興地同他的朋友回到那囂雜的棧房裡去。

這一間四方形、寬大如貨倉的屋子充滿了疲勞者的鼾聲，一盞大煤油燈高懸著，無著落地搖擺出淡弱的光亮。因為空間過於闊大了，黯淡的燈光只能照得出地上一些橫堆的疲勞人。一天的行程現在把他們送到暫時的夢境中去了。破舊的箱籠、粗布的衣被，一堆一堆地也分不清楚。理髮匠悵悵地從外面走來，在大屋子的一隅上看他那個八歲的大孩子，不脫衣服睡在薄棉褥上，在灰膩的口邊滿浮著童年的微笑。這的確是個健壯而可愛的孩子，也是理髮匠最關心的一個可憐的生物。他的妻在膝上抱著小孩打盹。理髮匠坐下來，覺得從牆邊上透過一陣陣的冷風，原來那屋角上有兒片瓦已經破了，透出薄明的微光。

「什麼時候？明天早上上船嗎？」

「聽棧房裡人說得十點。」理髮匠懶懶地答覆。

「你一點沒有高興。只要渡過海，再渡過海，就快到了我哥哥那裡了。你可一點精神沒得，還捨不了什麼？」

「……」

「我說不用愁。你記得黃村的吳家？人家上關東去不到十來年，回來又有房子又有地，吃的、穿的，誰也稱讚他們有福氣。怎麼咱就種田地一輩子麼？時運要人去找，它不能找人！……」他的妻每每有這樣堅強的鼓勵話。

「嗚！——嗚！」她一面拍著孩子，一面在昏暗中做著她未來的快樂之夢。

「你看！」她又說了，「人家的家口比你大，穿戴的比我們好，一樣也是跑出去『闖』！剛才我同一位沂水的女人說起，她還是大家人家的姑娘，現在也『逃荒』。因為她那裡來回打了十幾次的仗，房子都在炮火裡毀了，所剩的田地一點也沒的耕種，一樣還是要糧要錢！——這比我們還苦。她有個十七八歲的女孩，就是打仗驚死的。想來咱還算有福。」

理髮匠躺在草褥上淡然道：「一個樣！」

她便不再言語了。過了一會，在屋子的這邊那邊不調勻的鼻息聲中，她又記起心事來，向她丈夫質問：「你這一次帶的錢還有多少？」

「有多少！田地退了租，兩個豬賣了，不是向你說過麼！自己的一畝作與大哥那房裡，得了三百吊錢。豬，二百五十吊。八吊錢的洋元，一共換了五十元，還有五十吊的銅子。到現在已用去二十多吊了。你想，一吊錢的一斤餅，吃哩！還有很遠的路，家裡什麼也沒有了！」理髮匠在悲恨的聲中講給她聽。

「船價呢？」

「一元五毛，因為有兩個小孩子還便宜呢。」

於是他們的談話便止住了，各人想著不同的心事。她那高亢堅強的性格往往蔑視她丈夫的怯懦怕事。這一次出來，還是她的主張加了力量。他呢，憂鬱的已往，冥茫的未來，全個兒縱橫交織在他的心網中，在這如豬圈的大屋子裡哪能安睡。側臥著看他那大孩子夢裡的微笑，看他妻給風塵皺老了的面貌，以及滿屋子沉沉的睡聲與黯淡的燈光，這彷彿在做著不可知的迷夢。

獨石的店主人每天拿著黃竹煙筒在荊條編成的門前等待來客。他的大兒媳婦帶了兩個孩子終天在石屋中作飲食的預備。雖是生意比往年好，然而他知道這一行一隊送到他這野店中來的都是從血汗中掙得來的路費，因此這久經世變的老人時時感到不安，對於那些去關東的分外招待。也因此，他這店裡的飲食比別處便宜，潔淨。

這一天，距離理髮匠的家口從這裡過去的三四天後的一個清晨，老主人早造成林子中拾了一回落葉，命小孫子用柳條筐背回來預備燒火。他喝些米粥之後，便在茅棚底下坐著吃那一袋一袋的旱煙。這兩天來回的旅客少些了，尤其奇怪的並沒有從海碼頭回路的人，然而他並不因此覺得憂慮，只是感到稀奇罷了。

老主人的記憶力是很好的，也是少年時曾經過強力的練習的。因為他家當富裕的時候，他正在鄰村的學塾中讀書，又曾住過城中的書院，所以他不但能背誦得出「四書」的本文、「朱注」，更能將全部「詩韻」不差一字的說出。在當時他曾經許多老師與同考的先生們推崇過。雖然一個「秀才」也弄不到，這究竟是可自傲的一件事。到了他當野店主人這樣不同的時代中，他有時還向過客中的斯文人敘說他從前自負的異能。不過近幾年以來更沒有近處的「文人」、「紳士」們往海邊遊覽的了。年年烽火中，只是不斷的有些勞苦的農人、小手藝的工人，從這條路上過海碼頭向外謀生。這真使他添上無限的悵觸、慨嘆！他愛那些真摯和善的人們，但是他們不能懂「朱注」與「詩韻」，只可同他們說些旱潦、兵災的話。他常想這古舊可愛的、有趣的、風雅的日子過去了，也像他的年紀一樣飛向已往，不能再回。現在無論誰，只有直接的苦惱，更沒有慰藉苦惱的古趣味的東西了。

所以他每當無人的時候往往獨對遠遠的青峰發出無端的淒嘆。

這日是個沉冥的秋日，天上的灰雲飛來飛去不住地流動著，日光隱在山峰後露不出它那薄弱的光線來。四圍的樹木迎著飄蕭的涼風，都在同他們快搖落的葉兒私語。遠遠的地平線下，有層層薄霧向曠野中散漫著捲來，令人看著容易起無盡的秋思。野店的老主人，坐在茅棚下，披著青布長襖，拈著稀疏的花白鬍子，又在回想什麼。他望著往海碼頭去的小道，枯黃的草葉上浮動著氛霧的密點，就像張下一個霧網似的。他記起了「停車坐愛楓林晚，霜葉紅如二月花」的句子，而懷古的繪畫般的幽情在他的心頭動盪了。忽然一個朦朧的人影從下道上穿過霧網向自己的野店走來。他在冥想中沒有留心，很迅速的，影兒已經呈露在他的面前。老主人抬頭看了一眼，並沒立起來，「好早，好早！你送鄰里家回來了嗎？——怎麼也沒帶點海貨來？」

「啊！……啊！沒法提了！真倒運！再說再說！沒天明就起身走，這樣大霧的天。有酒先打兩壺！……」那來的人背著一件長衣，空著雙手，臉上很倉皇地。

「屋裡快燙兩壺酒來。顧二哥又回來了，等著用……快！」老主人顫巍巍地立起來。他猜不出好說笑的顧寶是為了甚麼急事這樣匆忙。他每年從海碼頭上來挑著魚擔，或是給人推車子，總是唱著山歌，吸著極賤的捲煙，快快活活地，但這大清早卻變成一個奇異的來客了。

在酒味與煙氣的燻蒸中，老主人問了：「你去了這幾天是過海送他們去吧？——你什麼事這麼忙？……」

「不！……不是送他們過海，時運不好，送葬呢！什麼事都有！——你沒聽見說？」

顧寶連連地倒著方開的白燒。

「怎麼？——給誰送葬？什麼事？……」老主人驚奇地追問。

「什麼……丸出了事啊！」

「落了難嗎？沒——沒聽見說！那不是小火輪嗎？還能失事？奇怪！淹死了多少人？多早晚的事？——這兩天沒人來走回路，簡直一些消息也不得聽見。」

「完了！你看見那……那可憐的理髮匠與他的妻、子，全完了！」顧寶帶著憤憤的口氣接連喝了幾口白酒。

「怎麼！……也在遭水難的一起？」老主人已明白了。

「事也湊巧！偏偏他們那天到的，第二天坐了這隻混帳的外國船！好！出了碼頭還不到兩個鐘頭，只剩下那船的煙囪在海水上面漂動！……」

「可憐，可憐！他們哩！——遇救了不？……」老主人幾乎是口吃般地急問。

「遇救！也有。他那個八歲的孩子，幸虧一隻那國的小水艇放下去的早，——聽說人載得多了，理髮匠上不去，便把擎在手裡的孩子丟上去！——這是那沒死的他那同船的人說的。也許有點好報應？可是他的屍首沒處找了！他的老婆還死抱著小的孩子，在T島小港上陳列著。——因為她在艙裡出不來！」

「那麼你也去過嗎？」

「我因為在紅石崖想買點貨物帶回家去，耽擱了一天。第二天一清早又坐了舢板到T島去看那隻沉船與男女的屍首，並且為了鄰里和朋友去探問一番。」

「那……他的活著的孩子？……」老主人被驟然的驚嚇與悲憫的感情所打擊，不自知地將黃竹煙筒從右手裡落在地上。

「就是為他，說不了現在成了理髮匠的孤子了！我去看過他娘的屍體，才打聽明白這孩子已被救濟會收養去了。——我幸虧地方熟，便找到了他。幾個命大的苦孩子，他也是一個，似乎變成傻子了！他不知道他爹死在浪裡，也不知道他娘在海岸上抱了他那死弟弟正與蒼蠅作伴。他說話不明白，肚裡也不知飢飽，這一定是腦子裡受了重傷，看來雖是活著，還不曉得能治好不能！……」他說著，兩壺白燒已經吃了一多半。

「他呢？——現在在哪裡？」

「救濟會裡！因為我一個生人，不讓帶回，並且說還有什麼撫卹洋須得他伯伯來領，連錢領著。這麼，我昨天晚上又下船，預備明天到家，向理髮匠的哥哥說，教他去領孩子。」

暫時的沉默，在這尖風吹動的茅棚下，兩個人都感到無限的淒惶。流雲在空中很閒散地分開去又合起來。顧寶一面大口嚼著粗麵餅，一面仰頭看著皺紋重疊的老主人的臉。「運氣？那隻外國船真看得中國人比狗還賤！那麼小，那麼小的船隻載上四五百名的搭客。自然就會往下沉，況且還有風浪！……我對理髮匠說過這一點，他又不捨得船票錢，……咳！老店東！你待怎麼說？不過橫豎一樣，不凍死、餓死、燒死，究竟還得淹死！這真是他的命該如此！——然而那日本船上的人員偏偏一個沒死！他們特別會泅水嗎？還不是出了事早有辦法！」

老主人這時卻將思想推遠了，他斷定這是「用夷變夏」的小結果。若是紅石崖沒有可惡的小火輪來，也許舢板不會沉在海裡；就使沉落也不能淹得這麼兇。因為要得到他心中斷論的確據，他便更進一步問了。

「到底淹死多少人？」

「聽說是快四百口！男的、女的，都有。還有找不到屍首的，我來時還有人在打撈。——但這全是由沂州來的難民。也有家裡很富裕的，只是『難民』罷了。從多少地方來，奇怪！就會注在一本生死簿上！」

老主人彎腰拾起煙筒沒答話，然而他心中又作斷論了：「末世的劫數了！」他不禁摸摸自己的花白鬍子，聯想到他也是一生的末世了。一陣酸楚的意念從鼻腔酸到眼角，老眼中浮動著失望與悲哀的兩滴清淚。

當顧寶匆匆地用過早餐要起身趕路的時候，老主人忽然記起一件重要的事，便鄭重道地：「你囑咐他，——死者的哥哥領那個孩子回家的時候從我這裡走。這可以吧？並不背路。」

「可以，一定，還從你這裡走。」顧寶將長衫重行背在肩頭，「怎麼，你老人還忘不了那個好捉蚱蜢的苦孩子？」

「因為，……是的，他不是正跟我那個二孫子一樣大！……」話沒說完，顧寶的後影已經掩映在幾棵槭槭作聲的大柞樹前面了。

一九二七年十月二十二日

號聲

號聲

每逢與C君一同由盲目的岡田先生家出來的時候，在太平路轉角的草地裡，一定聽見一陣悠揚、激切的軍號聲，同時便見幾個穿了米黃色軍衣的日本兵——他們是日本強健的少年，在那夕陽返光的密林前面練習軍號。

多麼煩熱的夏天，幸虧還是傍晚的時候，聒人的小蟬聲——C君很能辨別蟬的分類，他說：在這地方的蟬多是知了類長翅短肚的小蟬，沒有鄉間的大。——不歇地從槐林中發出繁雜的鳴聲。在舊式的大都會裡飛塵奔騰與車馬的紛擾中，偶然見幾棵綠樹已覺稀罕，若能再添上噪暑的蟬兒，使好雅靜的人以為是「槐蔭夏長」，一枕醒來大有詩趣了。可是這個地方全是花與樹木圍繞的街道，人家都像住在大花園中，除去熱鬧的市中心外，即在大熱天裡聽這些蟬鳴也不感得煩熱，——誰教牠們不到稀罕的地方去？太湊熱鬧了便容易惹人討厭，我每從密樹蔭下走時便這麼想。

「太多了，……討厭的！……」這是我們那位深目削頰、豎起一撮上鬍的岡田先生常說的話。他的中國話說得很漂亮，二十多年的「支那居留」，但還不大知道蟬字應該怎麼念，他說話帶著日本男人一般的剛音，沉重而沙沙的，表示出他是有堅定的個性的。

他在窗外蟬鳴聲中替我們講著這一小時的功課，但他發問或教我們重述對話的時候，也時時側著耳朵向窗外聽那吱吱的蟬聲。雖是討厭的，卻對於他似有相當的興趣。

我們盤膝坐在那八鋪蓆子上約摸有一個多鐘頭，飲過岡田的大姑娘送來每人的一玻璃杯「麥湯」之後，我們便起身走了。到通道上，我們同這位盲教師，或那位好修飾的姑娘說一句「再會，再會」的日本話後，便提上鞋子從青草的院子中走出來。

我們沿道聽著蟬聲，不久，便迎著那草地上的軍號聲了。

一幅靜美的圖畫在夏日將晚時展示開來：小道的右側，下臨著綠蔭織成的繡谷，高的、低的，如綠絨氈的疊紋，時而有曲折的流水從樹木中間流過，如奏著輕清的音樂。每逢雨後的天氣，不但谷中的綠色分外鮮潤、明潔，就是那水石間的鳴蛙也努力與高樹上的蟬兒作競爭的喧叫。谷東邊一帶不高的山陵，在濃綠中點綴上三五所紅瓦、堊壁，參差的歐式房屋，在掩映中，也莊嚴也幽媚。西邊一帶樹了灰綠顏色柵門的住家房舍，什麼式的都有，方整的，玲瓏的。牽牛與多葉的藤蘿都在木柵與灰塊灑成的牆壁上面委婉地生長著，種種怡人景物，往往使我墮入一種悠然的狀態，忘了久坐的疲乏。突然聽到軍號鳴聲，我便止步看一看，心中卻有難言的感動！自己並不明白，不過一聽到這樣聲音，似乎周圍的樹木，綠嫩的色、光，流水與小蟬的鳴聲，都變成一點淒涼的氣氛，從四面包圍上來。

聲音本來是一樣的經過波動，傳入耳膜，何以在夕陽返照的綠蔭下聽到這軍號聲，使我不能與聽蟬噪水流一樣的慰安與有興味呢？這恐怕不只是發音器構造的不同，是這激昂沉咽的號聲中包含著複雜的情緒與光景吧？他們從異國中來，紫色的風塵的少年臉色，不疲倦的強壯身體，來到這柔平而香的草地上練習軍號。向著那淡藍色的夏天吹，在高沉與放咽的音中他們也許有個人鄉愁的發洩？於是我每每聽著，總以為這是人間在複雜情緒中吹出的音響。

無論如何，它不是代表喜悅的安康的！

悲壯與激咽——其中似乎不少慘怛的調子，雖是練習著「衝鋒」的聲調。

這樣悲壯與激沉的聲音怕只宜於黑暗中的遠聽，不合於在綠蔭下與柔靜的光色中作愉悅的聞賞？然而我聽了也沒有極大的憎惡與詛恨的意念，只感到沉冥，低怨的分量比其他的分量多。

然而吹的人是怎樣呢？——他是一個青年，一個血液健躍的青年，情感那麼興奮，精神是活潑而健旺，是海中勇往的浪頭；是長途中健體的旅客。

號音與他的生命力的搏動相迎，相拒，同時又容易相合。總之是濃綠的春末，與淡灰的寒秋；是駘蕩的熱風，與淒涼的暮雨。

「世界上盡是衝突的！有時離心力大而吸力亦重。——這是怎麼樣的人間？」這便是我每從道旁經過得來的無結論的感動。

又一回，正是一個大雨後的晚晴天氣。

「你聽！今兒知了倒不大鳴了。——昨天的雨本來太大，所以熱度表落到華氏的五度以外去了，它們最會知道天氣的。」我們一同往去路上的C君搖著大蒲葵扇向我說。

「今天一定也聽不見號聲，草地上滿是泥水。」我不期然地說出我在這時期中最注意的一件事。

「也許，管它呢！吹不吹的，不過露他們的臉，給中國人看樣子。——大溝下面的水真流得好聽！刷刷——聽，小石頭上響得多麼自然。不是大雨，這下面哪有許多的活水。」C君善能唱舊戲；又能背得胡琴三弦的工尺譜，十分熟練，所以每說話都好帶出很恰當的聲音形容字來。

「你記得韓信壩上的水流聲？真好聽！多少大石齒啊。秋來風勁水漲，那真雄壯！雖是廬山的瀑布也不多讓。」

C君還是覺熱，摘下硬草帽，左手一起一落地輪動著打著道旁下垂的槐枝。聽我說出韓信壩來，便高興道地：「可惜那個地方我只到過一回！一排一排的石堆，——水像澆湯地往上翻，臨著漫漫的黃沙，那樣響聲真比聽《罵曹》的擊鼓調——〈夜深沉〉還好得多。韓信是英雄！那大概是他叱吒的餘音，不也是當時的軍樂留下的調子？」C君大有懷古騷人的口吻了。

我低頭聽著繡谷內的細流，又加上C君言語中的深趣，便覺得「聲入心通」這四個字確有講究。

不多時已走進岡田先生的書室內。

進門照常脫了鞋子，我們穿了大衫走進那白木方格的壁門之後，岡田先生首先問我們：「外面，C州的事怎麼樣了？」含有恐怖與不安的繫念也將這盲目的異邦老人的精神擾動了。我們就所傳聞的告訴了他一二句，他那墨精眼鏡後的凹目動了幾動，皺著眉頭沒接著說話。然而這明明是表示一般人對於戰事共有的疑慮與難安的狀態了。不過老人越感覺得厲害些。在對過的屋子裡，他那位穿了粉紅大花長衣的姑娘，正在秀美的臉上敷著潔白微紅的脂粉；同時用梳子通著她那散開的黑髮，對著鏡子儘管攏來攏去。一個穿制服的十歲左右的小學生，正在溫讀極淺的英語課本。窗前窗後的知了又與每日一樣不住地鳴著。一切與平常夏日的過午相似，但我們的盲目先生卻不說「蟬兒討厭」的中國話了。他似是十分牽慮到距離不遠突發的戰事，因而心理上感到不安！然而這完全是日本風味的屋子裡一切照常，只這多有經驗的老人在打算著「異邦居留地」中戰事的影響。

這一天的功課講解得鬆懈、疲倦，我仰看這書室中木龕上掛的一副草書有好多次。長葉子的美人蕉在橢圓形的藍色水盂內搖曳著幽媚含笑的姿態，也似乎裝點出特有的日本婦女婀娜的風神。

當我們走出時，盲先生的大姑娘方梳上頭，手裡還拿著長齒的假玳瑁梳，送出我們來。她那痴憨可愛的態度，正與美人蕉一般，顯出無掛、無念，並且是無自私的一種愛美的女性的清媚。

然而在我們離開寬大的院落不上二十步，便驟然聽得軍號聲嘟嘟噠噠地吹起。

「這號聲又是日本人吹的——一聽便聽得出來！現在外面有戰事，他們更吹得上緊了。」C君對我說。

「那倒不必是，」我答道，「他們仍然很安閒地，不用像中國兵的忙碌。橫豎用不到他們上陣，你不知道人家以為日本兵到的地方便是『安全地帶』！」我勉強著說了，我對於這一切感到十分苦悶！

「生活真是喝白水麼？多麼複雜的人間，還不如他們自在！——」C君說著，用草帽指著樹上的知了。

我沒再回答，沿了向上坡的馬路走去。不用轉彎，便看見一群在草堆上的日本兵。奇怪！他們每天在這裡吹號，有的連上衣脫去丟在綠草上，只穿短袖的白襯衫，今天卻一律武裝了，皮帶上的刺刀把的白銅明光與深林後的日光相映，他們右胯的上部有的帶了木套的盒子槍，沒一個脫了軍衣。但態度還從容，仍然是說笑著在練習他們特別的樂器。更奇怪的大學路的南端，石橋上有四個中國灰色人，穿著顏色不甚一致的——雖是灰色軍服，卻穿青布鞋子，執著長槍，意思或是加崗？距著日本兵的立地不過十幾米遠。日本兵的軍號盡著向這一面吹，灰衣人有的向他們傻笑，似讚美又似極度輕視。然而兩下似乎還沒有十分嚴重的敵對的表現。這是我可以從觀察上加以保證的。

「事情真有些緊要呢！」C君低低地向我說。

「左不過做做樣子。」我向著灰衣的弟兄們看著。

忽地一輛汽車從橋的南端上飛來，四個灰衣人馬上收回了對著他們異國夥伴們的面容，一聲口令，「立正，舉槍！」啪的一聲槍柄落在地上。武裝的黑色怪物從我們的身旁馳去，飛塵的散揚中彷彿內有一個帶金牌、穿青馬褂的老頭子，一個黃色短衣、袖緣有三四道金邊的少年。

一瞥眼的功夫後，日本兵的號聲重行吹起，而那邊灰色人的輕笑還浮現在他們的臉上。

忽低忽高的軍號伴隨著一路上叫暑的蟬鳴，與繡谷下雨後的水音，把我們送到黃昏的庭院裡去。

在這夏夜的馬櫻樹下，我仰望黑空中閃綴的星光，默默地想著。一點聲音聽不到，只有海岸的微波在石上嘶叫出懶倦的夜音。「一切靜止了麼？這是夜的威力所統攝的時間。或者另有四個灰衣人在石橋上對立著，那些米黃色的外國兵或正在電燈下擦拭他們的槍膛？遠遠的郊原中也許有些少年們正在臥地，注目看這無限的黑暗的邊緣？不就是號兵們在練習他們的『進行』或『衝鋒』的準備，預備鼓勵他們的夥伴？」這樣雜亂的聯想，許久許久的揮不去。但我卻多少知道些人類與聲音是怎麼一回事！我們在清幽的時間中好聽沿街風送的批霞娜聲，一想可知是由青年姑娘們的柔指上發動出來的情愛之曲；我們在無聊與憂愁中，有高處遠處幾聲橫笛，足以使我們起奈何之感；就是那靜夜的潮音，雄壯而寬沉；雨後的蛙鳴，似乎閣閣地一點也沒有音律的趣味，然而並不使人有多少的憎煩；至如春晨湖畔的雛鶯，郊原中的鵓鴣，它們傳布出光明與勤動的消息，使人聽了更感到生命泛溢的喜趣。人為的，或者天然的無量聲中，表繪出無量的情緒與行動。這正是人間可愛的事。但是那些壯少年的號音呢？也是人間不可少的一種音趣？是包含著多少仇視與奮殺的音調，以及毀滅與失亡的意念從悲壯與激沉的聲中達出？預備浴血的少年們的心中也許是不可沒有這一類的聲音？悲劇是人間最受感動、最容易博人讚嘆的複雜表現？並不是只拿了「康樂萬年」一類中國的讚頌話所能包括的。它是有深密的意義在宇宙的中心——也就是在人類的天性裡！但什麼才是真正的「悲劇」？

星光閃在大的綠葉中間，似送與我微溫的同情之笑。你們太聰明了，太瑩潔了！想那真的「瓊樓玉宇」中沒有像我這麼些衝突紛亂的思想吧？

中夜以後，微覺得有露滴在臉上了，別了星星，到屋子的藤床上，雖少蚊蟲卻一樣的睡不好。看著圓的帳頂，幾個小動物在上邊蕩來蕩去，似乎在它們的世界中，演著電影以慰我長夜的寂寞。

什麼聲音都靜止了，這是黑暗中應有的結果？

將近破曉的時候，窗外還朦朧地看不清，煩熱又襲來了。於是近的遠的樹上，蟬兒們又爭著亂鳴了。同時悠揚壯闊的軍號聲——雖然不知是哪裡吹的也破空而起，似乎是告訴人間：「脫去黑暗的統攝吧，來！我們在晨光中同遊。」

然而蟬聲似討厭與宏大的號聲爭鳴！
天色果然亮了，只是雲陰陰地不像個晴明的秋日。

一九二七年十月二十五日

訥爾遜的一課

是一個密陰的午後，催雪的北風吹著奇仙山半坡上的松樹爭吼出令人驚恐的聲音。山下的沙河雖未結冰，卻是冷度日增，流水已凝結了，不似秋日的一泓清鑒可以照人毛髮。山野中被風吹散了的各種樹葉也不多了，只有些斷根枯蓬隨風團轉，向無垠的冬原中投散開它們各人的生命。河上的渡口中若在夏日入山遊玩以及避暑的人多的時候，十幾隻小划子來回不歇還忙不了。現在卻只有一隻缺了尾巴的划子橫擱在冷黃的水上，獨自無力地搖擺著，與沙岸相摩蕩發出軋軋的嘆息。奇仙山是這地方的一個名勝，到這時水落木脫全像個禿了頭髮的老人坐對夕陽，自傷它那近黃昏的命運了。

行路的客人似乎都很聰明，他們都似不願看這冬來又瘦又皺的面目，輕易不從這裡經過，只那噪晚的烏鴉一隊隊的飛來飛去啞啞哀啼。

沿著彎曲的河岸向東北走，轉過這山坡上的密松林，在許多沿山搭蓋的村舍南端，有一帶積棘編成的籬牆。正中是用山中的栝木做成的圓門，門上橫掛著一個落了粉的木牌，用鄭文公碑體端端正正地寫著奇仙第二公立小學校幾個字，正在上課的時候，並沒見個兒童在門外遊玩。

栝木門內對正西的山麓上有七八間茅檐的低矮屋子，窗子上也沒有玻璃，只是用油紙糊在方形的木槅上。這自然是鄉間的建築，也是因為天氣過冷，教室內沒有爐火，故用紙糊窗以求禦冷。室內有五十幾個學生正在仰著頭，骨突著小嘴，聽他們的教師講書；教給他們精神上的食糧。

三十歲左右的教師，自前兩天受了過度的風寒，正在鼻塞聲重地為他們講一課國語。這課國語正是講的英國訥爾遜風雪中讀書的故事。有風也有雪，這時期中恰好順序講到這一課應景的玩意，不能不令人佩服編輯教科書先生們的聰明。不過在這感想衝撞的教課時間中，卻使為生活所壓迫的教師添了好多困難。他按著教授法用「提示」的工夫向兒童們問答著。五十幾個山村裝束的小孩子，紅紅的臉兒方在忽仰忽俯地看書上畫圖的風雪中的小英雄，又凝望著他們那位皺了眉頭穿著破袖子凍紅了手的先生。這正是一幅神聖的畫圖。他們全部的心意似是全為書上的英雄故事攝收了去。他們的發現性，好奇性，冒險性，以及天生成的與大自然的爭鬥性，全在這一小時內動盪出來。他們小小的心中忘卻了教室內的冰冷，忘卻了教課的束縛，並且忘了去聽山上的風聲，草場中的各種遊戲。他們天真的表情，他們赤裸的心，全為過去的人物所奪取了。全室中充滿了靜謐的空氣，只聽見教師與兒童們清晰，明簡的問答。教師在小學教育上的確有了多年的經驗，他自從二十二歲在初級師範畢業以來，十年的光陰全在與兒童為伍中度過。他認識兒童的心意比每個兒童的母親還要清白，還要明瞭，所以他這時兒由這一課書中，也可以說由他的講解中，引起兒童們全部的注意力。他也似乎因此忘卻一切，——忘卻他終日的煩愁，而盡力在這樣的啟發中了。

「誰怕風怕雪？」他指著一個年紀最小還不過九歲左右的孩子問。

「訥……訥爾遜不怕，……我也不——怕！」這個大眼睛的孩子便立刻答出。

「訥爾遜為什麼不怕……風與雪？……」他音調遲緩而清晰，向一個剪了髮的女孩子說。

女孩子在這四年級中算是成績很好的一個。她穿了深藍本地布的套褂，項上還斜披著一條灰色粗絨繩織成的毛巾。她立起來，不即時解答，卻向書上看了一看，慢慢道地：「因為風雪是冷的，……他不怕……他怕被人家笑話……他不勇敢！——不熱心！所以不怕風雪，怕……」究竟怕什麼？她沒再說出便坐下了。

教師因為深深了解兒童的言語，尤其知道兩性中言語表現根本上不同，所以他並不以這伶俐的女生所答的話為難懂。他很贊成她會說話，會有曲折的表現。他並不再追問，便點點頭任憑她坐下。

於是他開始講本文，示生字，告訴讀法。他今天特別歡喜，特別願意與這些天真未鑿的孩子們來談談這段有趣而英偉的故事。在種種的講解之中，不但兒童們是全部心意表現出來，就是這久經生活困苦的教師也從潛意識中欽佩著這戰勝困難達到成功的英雄。從他的口語中可以聽出他的興奮與感動的心聲。他一邊講著，一邊若斷若續地聯想起他幼時在村塾中從師走讀的景況，以及在師範學校時所讀的〈送東陽馬生序〉裡面那幾句形容苦學生的話，因此他反覆的講說便分外有力，分外生動。

這樣過去了幾十分鐘，鈴聲響了。在這個教室對面的東房中的兩班學生都下了班，於是他快快地說完了這一課最後的一句話：

「訥爾遜的精神就在不怕風雪！——這是什麼意思？下一回你們回答我，——想想看！」

粉筆上的碎末從他的破袖口的亂絮中飛揚著，撲落下來。他昂昂地走出教室。即時一群「英雄式」的兒童們跳躍著出了這窄長而光線幽暗的屋子。有幾個勇壯地高呼著：「不怕風雪是英雄！」的重複句子，或者有幾個笑著道，「打倒風雪！打倒風雪！」表示出他們摹仿的本能。

不過兩刻鐘的工夫，兒童們在校內閒場上亂玩了一陣，便各各由松林中回到他們的窮苦家庭中去了。

「今天真冷！好不好？我要特別破鈔了！我方才從王家店打來了兩角錢方出鍋的『鍋頭』，還有一包花生，咱也樂一樂。這樣天，不喝點酒，不要說咱們，——就是泥瓦匠，上碼頭的工人還要到小店裡喝一兩壺呢！」說話的是個四十多歲的一嘴鬖髵鬍的先生，他是教五六年級的主任教師，是奇仙小學裡有名的魏鬍子。

二十多歲初出學校的青年，——他是最低年級的教師，本來是極反對喝酒，而曾經與他的同學們組織過進德會的主要分子，但是自到這學校當教師以來也早被魏鬍子所感化了。他不但不反對喝酒，並且時常在課餘之後好做新詩，更覺得酒味醇醇了。這時聽了魏鬍子這樣說，便慨然道：

「『今我不樂！』……這樣生活真乾而苦。不喝酒，幹嘛？早知道當小學教員是這麼樣，……哼！不是家裡教我來，死也不幹！」

「死也不幹？……然則麼，幹什麼？」魏鬍子的態度常是保持著悠悠的神味。

這麼有經驗的問題，確有些難於回答，所以青年的教師暫時默然了。

魏鬍子表示著經驗戰勝幻想的快樂態度，將粗硬的手指執著砂質的酒壺，倒滿了三隻空杯子，卻從容道地：「小王你且不慌，問題是問題，喝酒還是喝酒。你先去將穎甫招呼過來，咱們就以這問題做下酒物。我說，就是咱們共同討論。本來什麼問題只可做下酒物！」他沒等說完了先喝了一杯。

小王苦喪著臉子道：「穎甫這個人奇怪，我說他是一個文學上的頹廢派，你懂嗎？他憂鬱而且神祕，……」

「什麼？你再說這些話，我的酒可沒有你的份兒！我願意同種田的老人同喝，卻最不高興同你這班『酸文假醋』的新名士在一塊！」

這可算是魏鬍子的大政方針了，他說時，不知為了什麼真像義氣填胸似的。小王瞪了他一眼，便怯怯地走出。

直待小王將穎甫——就是教訥爾遜一課的教師——拉了來，都在魏鬍子那間比較暖和的屋子中坐下，魏鬍子一邊給他們倒上這滿壺的濁酒，他自己卻剝著花生皮很痛快的發表主席的言論。

「我說，你不必妄想，——你也不必回想，天生成我們的窮命，你便得對付它！你不對付它，你就丟掉它。幹什麼？值得唉聲嘆氣。我終是說你們不知足。哈哈！中國唯一的好主義——別笑我夠不上談主義，就是知足！『知足不辱』，真是不可磨滅的名言。反過來一句話，不知足就得解決。——解決啊，你們可又不幹。幹也是白幹……『理無二致』，還是喝酒好。哈哈！」

他說這幾句話，從他的面部表情上看出來他是充分的佯充滑稽，是苦痛深沉後的享樂的解脫。

小王將破尖的皮鞋頓了一頓，「說是說，行是行。你老人家鬼混得來，像我幾乎還是小孩子，就關在這牢獄裡做囚徒，值得不值得？不要說一個月二十二元的薪水七折八扣，還有三個月的拖欠，就是按月整發，除掉吃白菜湯以外還夠不上買一兩部書看的。況且出去向人家說，不過是個『小學教員』，什麼教員？『教書匠！』『看小孩子的工人！』」他說著，少年興奮的熱血便湧上雙頰，同時他用左手摩撫著他頭上中分的黑髮。

穎甫原來沉默，這時只有一口一口地喝酒，眼望著屋子裡貼的一張教育畫出神。那是張《祖逖渡江》的石印粗糙彩色畫。他看見英氣勃勃的祖逖正在撫著船舷，眼望著滔滔滾滾的長江，表示出他那種一往無前，為了祖國戮力同心的精神。這時魏鬍子聽了小王的一段話後，將他的鬈曲的下鬍撂了幾撂道：「好小子！你真明白，是一月的薪水豈但不夠你買書，還不夠我喝酒呢！你不要看輕白菜湯，這還是『教書匠』才夠上吃的口味兒；也是讀書人的本色。等我想想，『咬得菜根』便是了不得的大人物。你不知道那些碼頭上抬貨，馬路旁邊拉車的兄弟們，不見得吃到！這不還是『萬般皆下品，唯有讀書高！』占的便宜嗎？」

「可是，老頭子你貪說忘了計算，你知道他們勞工是天天給現呢。」

小王這句話反駁得頗有力量，能強辯的魏鬍子幾乎要在青年的人的話下停止了他的機鋒，可是他少停了一會便道：

「得啦！你不知道嗎？他們是勞工，——是勞力的工；咱們也是勞工吧，卻是勞心的。『勞工便是神聖』這話但是說勞筋動骨的生活的，那末，他們給現一定是這個原因。我們呢，『勞心者治人』，且是『君子謀義不謀利』好啊，這是個再確當沒有的論斷。」

小王不與這好強辯的同事再說話了，為了要喝酒吃花生的要求上，他只好暫且放棄了一切幽幻的理想，飲著白乾聽那山澗中的松嘯聲。

即時一個六十多歲，反披了粗黑羊皮襖的老年校役端過一盞光明的矮磁座的油燈進來，放在白木案上，又將全校唯有的一個煤球爐子搬到房裡來，於是他們驟覺得來了光明與溫暖了。

魏鬍子將一本舊教科書的封面撕了下來，就案上摺捲起來，即時成了一根紙火筒。他便將窗臺上幾乎是生了綠鏽的舊銅水煙袋取來，呼嚕呼嚕的吸起水煙。通紅的爐火，一口口的青煙，一杯杯強烈的酒氣，充滿了這萬山重疊中的一間茅舍。

小王的酒量原不很好，這時已經有點醺然了。他見魏鬍子撕了教科書做紙火筒便得了機會報復了。「你真太隨便了！校長來了，如果看見書被你撕去吸了水煙，看你怎麼回答？」

「我說你是小孩子，初出學校門的學生！穎甫你說對不對？告訴你，不但是撕個把本教科書算不了一回事，就是劈了破木凳做柴火，校長他再不能責備你。什麼事都是個招牌。他不是為了這個官銜肯到這裡來？他是終天終日到市董局，到統捐處，到縣長公署。他顧得了這些？好，不高興，咱給他一齊走，一齊『罷教』，他是一點辦法也沒有。話又說回來，他算不容易找到咱這幾個『勞工』。小王你不知道，穎甫你還不明白？就是這樣苦生活誰幹？況且縣上的扣壓，教育局裡遲發，結果還得向校長，——那禿頭的東西的利錢包中走一趟，三回九轉才到咱這應得的手裡。誰還不知道？他還敢來管咱們！好不好，咱給他都告發出來，拚一個『魚死網破』！……」魏鬍子的酒力在他的四肢百體中發作開了，這時他也保持不了他那滑稽的尊嚴，而幾乎是在謾罵。

小王這才恍然了，不覺激動了他的義憤，「你真教人不明白！……那末為什麼平日不到局裡告發他？」

「這叫做『手法』。叫做『天下烏鴉一般黑』。告發，還不是他們這幾個人，『以暴易暴』倒還是小事，就是這個位置也一定保不住。像你又懂這個，那個，志高氣傲可以不在乎，我們呢？家裡幾畝田地，不夠捐稅的，孩子，妻連吃的沒有，……穎甫呢，更困難，你問問他！……」

小王的青年的生活理想，被魏鬍子酒後的幾句話全打碎了。於是他交互著握著手對了火爐，默然無語。

穎甫始終沒多說話，靜聽著這經驗與理想的爭論；深深地悵望著這生活的空虛。在他看來，這縱酒的魏鬍子與朝氣勃勃的小王同事，在生活方面都比自己安定，比自己有希望，而且沉著。自然不論是玩世，或是憤世，更不論是為了經驗，而圖生存，或者企求理想而鄙視現在，無論如何說，總之都還有他們得已的勇氣與態度。至於自己呢？真是十足的灰色，而且純淨得攙雜不上一點點別的色彩。就是既然不能如閱世已久的鬍子先生的無可無不可，尤其不能對一切事實耳無聞目無見任憑著「人造的自然力」播蕩。然而自己是吃過生活苦痛的人，又有環境的罣礙，想如小王的放言一切，鄙視一切，振發出青年的精神來，不但不能，而且覺得什麼事沒個究竟，還不是白白的「白熱」。本來穎甫自從二十歲由舊制中等學校卒業之後，當時迷於教育救國，與小學教師之高尚等等的理想，又加上他自己的生性恬靜，不慣與人到紛亂的社會裡去鬥爭，所以就投身到這最清苦的教師生活的深淵中來。自然，他得了不少的良好經驗，也嘗慣了這種生活的味道，十年的光陰真是如同飄風似的過去了。人事的變遷，和家庭的衰落，只餘下了他的妻同四個小孩子，除此之外他所有的只是付予兒童們的「良心」了！他的妻子，永遠隨著他移來徙去消度這悠悠苦辛的歲月。他不能有存蓄，而生活費卻一天天高漲起來。頭兩年在省城裡當過一年多模範小學校的教員，可是那裡只有日向虛偽奢靡方向走去。同事們是洋裝，緞領帶，銜了香菸上課堂，校長又是拿人當禮物的酬贈，所以終日是向「老爺」之類的家裡去打牌，去當零差，雖則每逢開什麼教育會的時候，他們也會登臺說幾句「義務」、「天職」的話。至於薪水，所發的全是打五折的不兌換紙幣，因此他不能再羈留在那裡，又費了若干情面才從都市跑到這幽僻的山村中來，卻想不到也只不過如此！

幸而還有謹樸的兒童們的心還可以使他留戀，使他慰安。他將妻子寄寓在鄰村的同鄉人家裡，便與魏鬍子，小王作了親密的伴侶。

因此在學校內除去與兒童們談話遊玩之外，他似乎是隱士一般。而且為了月薪的困難，他每頓飯連兩樣以上的菜蔬不敢吃，而所儉省出來的還不夠家中孩子們的用度。然而他對這樣的情形，卻與他那一老一青年的同事們如何表示同情？他處在這樣生活之中不能低頭，又不能反抗。所以這完全灰色的態度，雖是自己也憎厭，卻只是變不了。

北風勁吹的黃昏中，這三個心意不同而受同等苦悶的先生，在紛呶與嘆息中吃過粗糙的小米飯，暫時的飢腸中有了容納，便也暫時止住了他們的談鋒。

紙窗上的油紙被風吹打得聲響很大，不知是落雪了沒有？而靜夜的寒度卻越重了。穎甫睡在木板的床上，起初借了酒力頗覺溫暖，但是酒力消了，血液不能很旺盛地流動，於是他便覺出十分嚴冷了。過度的尋思，使他不能入夢，況且擾人的山中松聲，這時聽來如有好多兵馬在咆哮著驚人的沉迷。他反覆想起著晚上談論的問題，又想到自己生活的前途與希望。冬夜是用思的時候，他受了生活的壓迫，因而激起的感想，更使他不能安眠。

「生活不講意義」，他想：「還要相當，像現在維持下去，自己雖是可以不至餓死，然而妻與子的衣食呢？況且到處是一個樣的寂寞與黑暗，又怎麼辦法？」他想來想去，越沒有解答，卻越覺得薄薄的兩層布衾如堆了冰雪在上面的酷冷。他再不能睡了，咬咬牙根，披衣起來摸了火柴，將床頭的木桌上的油燈點著，將大衣半掩著，取了一枝鋼筆便想寫一封決絕的辭職書，表明他再不作這樣生活的奴隸了。他這時從種種的思考中得到了一時的解決方法，便是為了人格起見，不再在這樣的教育界中鬼混，他以為這麼維持下去是恥辱，是勉強，是媚人而苟安，是給這萬惡的社會中製造罪惡。總言之：是自己蔑視自己的人格，而不知解脫。他又想：一切的遲疑是事業的阻礙力，十年以來自己全在敷衍中度日子，便葬送了自己的華年。他執著破尖的筆，興奮地毫不遲疑，即是便在堅硬的白紙上面寫下來。

他寫的完全而有力，首先敘明教育事業的重要，與近年以來小學教育的墮落與種種弊端，其原因全在一般人的玩視教育，以及教育界人士自己喪失了他們的人格。筆鋒推揚開去，更說到社會的不安，與為了許多外因，教育遂至破產。中間表明他自己的人生觀，是「不完全則寧無」；是想獻終身於教育而不得，為了生活與人格的維持，所以情願拋棄了十年的粉筆生活，跑向十字街頭去。他寫得很快，很暢達，明白而活潑。無論誰看了都得讚賞，感動，並且一定給予他充分的同情。他一氣寫完之後，顧不得手指僵冷，又重看了一遍，像久經伏臥於惡劣空氣之中，初走到無邊的郊野似的。他想這決定很有價值，可以為他一生的大紀念。此後凍死，餓死，都顧不得。但這可是為人格而戰勝一切的重要關頭。他又想：勇敢的小王，是志有餘而氣太弱，明知其不可，而必為，還不「回頭是岸」嗎？

寫完後又看了看土牆上貼的日曆，他以為這一夜是值得紀念的日子，便在紙尾上添上一行小字：「穎甫書於奇仙山中之小學校。十六年，十一月，五日，深夜。」

他看看再沒有更改的地方，便將書信折疊好放在外衣袋內，預備明天下午好往校長家去交代。同時想，或者明日晚上，他就可以一肩行李走回家去，這麼光明奇異的行動，魏鬍子與小王定必一齊瞪著眼不了解，也想不到。

他重複躺下之後，朦朧中聽見遠處的雞啼，然而在過度的興奮與疲勞之中，竟然沉酣地入了他的生活與人格鬥爭的夢境。

當穎甫第二日早上起床時，大小的兒童們已經滿了院子。第一班鈴打過了，穎甫忽而想到這是他教師生活最後的一天了，無論如何，為責任起見，也應須分外盡心，方不負他這十年不斷的努力。

他帶著十二分莊重的神情，毅然拿了粉筆匣與教科書入了教室。可巧這天早上又是國語的功課，當他走上講臺時，不知怎地許多小人們低聲地說著「講故事，講故事」，「還是溫習第三十五課」，「你聽聽這位老師才會講不怕風雪的故事呢」！在喊喳的兒語聲中，含著深深的快樂與天真的希望。穎甫呢，正自盤算著夜裡的計劃，但是在冷風橫吹的夜中勇敢的計劃，到了白天現實的景象之下，他不覺有些怯怯地了。這樣心理的變動，他不明白是什麼緣故，只覺得這事還可「從容打算」呢。況且失眠與酒力的過分疲勞，使他在臺上看見這幾十個紅頰的兒童，不免有點自覺慚愧。他方打開書本，躊躇著要先盡這半點鐘複習昨課，然後再與他們說明他要離開他們的意思，忽然昨天與他問答的那個女生，首先立起道：

「我問問，……訥爾遜……是個什麼人？」

穎甫沒即時回答她，便用了他慣用的啟示方法向全班中復問這一句。

「訥爾遜是什麼人？是哪類的人物？你們，誰說？」

於是好說話的兒童，便爭著說：什麼他是英國人，海軍大將；或者說他是能打仗的；是有大膽的；是個小孩子？又有低能一點的孩子立起來，卻不知要說什麼好。穎甫都聽著，不加可否。末後有一個十歲左右的農家孩子，大的眼睛，圓的下頦，一臉活潑的表現，他等得許多人發表了對於訥爾遜的批評之後，他便道：

「我知道：訥爾遜是個不怕風雪的人！——是個不怕難的人！……」他還沒有說完，那個首先啟問的女生若有提示似的道：

「哎！我也知道了，我說他是個勇敢又負責任的人……的人物！是吧？老師！……」

這兩個學生的肯定話，不但使全班的人都驚奇，就連在悵惘中的教師也如從脊柱骨上澆下一桶冰水，幾乎全身的血液都在驚顫！他半晌沒得話說。兩個學生還立在那裡聽他的批評。他從「良心」上發出利益與希望的拚爭，並且心中十年的辛酸淚幾乎被這兩個孩子的話激引著要掉下來！這即時心理上的複雜，交互，說不清晰，他呆立著沒得話說。全教室裡的兒童們都奇異的了不得，竟不知他們的先生是什麼意思。這樣過了有五六分鐘。

末後，他才著實稱讚了這兩個學生幾句，定一定神便重行將這課的重要意義與句子，盡力地講得淋漓盡致。好奇的兒童們，都仰著頭，聽得入神。

及至一班下後，他終於沒有將昨夜的計劃勇敢地講出，並且他下課之後，回到自己的屋裡，將袋內那封情理兼至的信，撕成碎片，丟在字簍裡去。

在窗前仰望著還是欲雪不雪灰色的天空，他同時回念著多年來同等生活的經過，與人生的苦況，他止不住一顆顆的熱情的淚珠，從眼角上流下來，溼透了破絮的袖口。

「攬天風雪夢牢騷」

「景武，你真能戒斷了？這個稀奇呀！……好事，有見識！年輕輕的吃這個幹嘛？……」一個四十六七歲的醫生躺在鋪了青羊皮褥的大床右側，他那粗糙的右手正斜把著一桿湘妃竹的鴉片煙槍；一口煙方吸了一半，他便從青煙迷漫中向對面躺著的少年說了這幾句。

對面的少年滿臉青蒼的皮色，高顴骨，大而無定力的眼睛，瘦削的雙頰。這時右手伸向身後，正在摸撫著一件東西，左手的小指置在唇邊，彷彿在用思想的神氣。聽醫生說出這兩句話，便把左手向羊皮上放下道：「子苻，你會不信？他媽的！我從今年立志不吃！……吃藥已經呵……三個月了，咱不再吃了。但我這是第二次戒。上一次在城裡戒著犯了，……你知道真吃不起！……」

「哈哈！不想景爺還能說這樣話，可真不容易，到底有些進步。」另一位坐在方桌前面、正在用墨筆圈點溫習經緯的先生，是景武的族兄。他快近六十歲了，為操持家計的勞苦，使他早蓄的鬍子變成花白，更時時現出莊重的樣子。

先說話的那位陳子苻醫生，這時已將那半口鴉片對著高座燈一氣吸下去，便在床上盤腿坐起，又將煙盤前的旱煙桿拿著，在空中揮舞。『過而能改』！景武年紀還輕，應該一力戒絕，也好做點事業。像我們不成了，腦子壞了！一輩子也沒什麼大希望，是不是？蕭然，你說呢？可是我過了今年還想戒，真的……『回頭是岸』呵！」一段話還未完全說明，他早已裝了一筒旱煙，嗤的一聲把新興的保險火柴劃著，於是空中的白煙又從他的唇間吐出。

蕭然放下筆，回過頭來道：「你嗎？……我想，不作醫生便可不吃煙，還當醫生就永遠不能戒絕。現在到哪裡去愁這個？吃！只要大爺有錢，再不，有人供給現成。哪裡也是一樣，就是景武能戒也不容易，或者近來手頭不像從前那麼闊的緣故吧？……」

景武猛然也坐了起來，右手仍然向身後摸著，用他那亢躁而微吃的口音答道：「對啦，窮的很！算了，過年時還向二哥……這裡借了米、麥，方得混過去，現在賒著吃。管他的！糧米存在囤裡，封了，不準動？能喝風嗎？我又沒處來錢！……」他說時並不是深沉地忿恨，只是嘻笑地詛怨。景武二十五歲的日月全是這樣的平凡過去，全賴在這一點的興味上過去。所以他雖然是賭、色傷身，卻除了瘦，與眼睛時起紅翳之外，精神上卻比平常人都爽快得多。因為他根本上是忘天者，——說樂天也許不對，他不知有什麼憂慮與預計的心思。他也不容易與人反抗。他所好的是賭，無論何等賭法他都很精巧；再便是看或評論年輕的女人；再便是罵陣——粗俗的、猥褻的、強烈的互罵；尤其奇怪的是「吃」了，他胃口強健得很，可以吃與他年齡相等的少年們兩個人的食量，尤其能吃葷腥鮮膩的東西，可也能空口吃饅頭，沒有一點肴蔬。總之他是一個沒一點芥蒂存在胸中，又一點打算沒有的人——也可說是一個無辨別力、無持久性、無一點堅強意志的、好亂玩亂跑的大孩子。但環境已把他引誘到墮落的淵中去了。所以每每有人說他是無心人，是頭號的好人，雖然也犯惡他那種狂嫖濫賭的脾氣與欠累下的債務。

凡是景武的歷史與其性行，他那位族兄蕭然知道的頂頂清楚。當他坐起來述說的時候，蕭然又把他的已往的事如記熟書一樣的記起來了。所以便接著說：「景武，你本來這幾年造作的太厲害了，伯母為你分了家，還了債務，好容易才把上一段彌補過去，聽說你後來又拖欠下幾千元？你絕不愁，她老人家替你封閉米糧屋子，也許借此警戒警戒你。如今這等世道，你再不知收束，怎麼得了？……你現在聽說好得多了，果然第一層能戒了鴉片比什麼都好！……」蕭然懇切地拿出長兄的態度在勸戒了，「吠，老陳，你說不是？你知道的，你雖然學醫學得更不長進了，還究竟跟我一樣吃過幾年的苦頭。……」

景武吸了一支「哈德門」香菸，無力地嘆了口氣，隨時嘴角與兩腮上現出了自然的笑容，卻沒有話說。

陳醫生把銅邊的長圓形眼鏡戴上，又取下來，用藍洋布的外袍小襟擦擦，重行戴上。望望景武，又歪向左邊，彷彿在相看他的面貌，景武笑著叱道：

「……你怎麼……不認得我了？……」

「不，我看你還有三十年的好運！」醫生顏色故意地莊重。

「呋！老陳，真有些『三教九流』，什麼好運？……」蕭然趁勢把抹有銀朱的毛筆插在筆筒裡面。

「桃花運、老爺運！還有游手玩耍運！至少三十年。嘴角下垂而內苞不露，財日角高起，必多良妻，有呢。」

颼的一聲，一件明亮鐵器從景武的身後亮出，一根圓細的桿子正對準陳醫生的胸部。景武也蹲伏起來作出要射擊的姿勢。這不意的驚嚇使醫生驟然沒了知覺似地向右側一歪，身子即時滾下地去，袖子撲在銅製的痰盂上，一盂臟水潑了滿地。而景武以戰勝者的態度，便立在桌上把一把十粒連響的盒子槍高高舉在空中。

除了被跌倒的陳醫生之外，滿是狂笑的聲音。蕭然笑著，從痰水的上面將陳醫生扶起。

景武拍著手槍的保險機，發出粗獷的譏笑聲，喝道：「叫你怕不怕？……這一樣……啊！沒有頂門子呢。你真是老古董，這就嚇下去了！哈哈哈！……」

陳醫生打抹著兩袖上的灰土的漬痕，微慍地說：「你這個人本無道理！什麼東西好終天拿在手裡鬧玩笑，設若走了火傷人呢？我真教你嚇壞了！咱下次不再給你的二夫人看脈去了！」原來陳醫生近來常常到景武的別院裡給他的姨太太診治小產後的虛怯症。

景武又嬉笑著道：「看不看要什麼緊！死一個省事一個，咱不管這些。……」說這話時聲音卻是有點勉強。

「說嘴可以，……若是二夫人見了埋怨一陣，又鬧、又哭，看你是一句話沒有，成了糖化的了。誰不知道武爺的本領……」陳醫生重上了床，把煙燈剔亮，同時用半黑的銅針將小象牙盒內的煙膏挑起。

「咦，你什麼知道！好怕老婆有飯吃！」景武忸怩地自嘲了。

蕭然方出去喊了一個半掖著舊羊皮大襖、扎條青綢圍巾的老僕人進來，遲鈍地把地上的痰水打掃好。他們又把話頭扯到女人身上去了，蕭然拈著鬍子走來走去道：「老陳，你那趣事多呢，你這位續婚的夫人，你多早曾忘過她的功德？你忘了上年在椒村跟我天天說起？厲害，還得好好的侍奉，……你說人呢！自己前室的兒子都各分出去，只同夫人一起住。……」

「這正是一個舊制的新家庭。他們大了，娶妻，生了男女，我把土地分給他們；我呢，同家裡吃這碗東跑西去的飯，對得住兒女吧？你說，蕭然？……」醫生方將上煙，他又停下，正式地在討論家庭與社會問題了。

「本來也不容易，在如今這樣的時世裡，不講別的，吃碗飯不是容易的事！像我，七個孩子，三畝多地，又要人情來往，還得穿長衫，這怎麼辦？……小學教員我當不了，四五十個的小孩子，還得分這一級那一級，累煩煞人。一月十幾元的薪水可以幾個月的下欠，還不如在家裡看著種地呢！譬如景武，這說正經話呢，你還是一味的哥兒脾氣，哪知道人間的痛苦！……」

景武忍不住又要接著蕭然的話開玩笑，卻見茶色的棉門簾動了一動，一個十八九歲的鄉村青年，穿了雙黑毛豬皮的窩鞋走進來，便說幾聲：「五叔安。……陳先生……爹！我找了好多時候，七爺的小鋪裡、利順藥鋪，與……才知道爹正在這邊。今天『寨』上，我領了高腳張五去看咱的豬。……吃了午飯，又跑回來，雪後路真難走，看看這兩腳。」他說著便將豬毛鞋子抬起來，同時方磚鋪的地上有了好幾個泥水的鞋印。

蕭然沒說什麼，陳醫生卻喜孜孜地在打招呼了。「成均坐坐，好冷的天氣，你真能替你爹了，一早上跑來跑去的。……」

「不是這鎮上的高腳張五麼?他在這大年底下買豬可不能太圖便宜。……」蕭然從容地說。

「就是啊，我也是這樣說，所以來同爹商議哩。咱那兩隻母豬從春天餵起，到現在他看了只給二百二十吊錢，多一個不出，還是賣不？……」成均是個鄉村中誠樸的少年，也曾在國民學校畢過業，高級呢，花費多，便停了學業，在家跟著蕭然讀點書。有時同他家的老長工往田裡送肥料，割禾餵牛。他這一清早踏著化雪走了六七里路。到這祥求鎮上來找豬販子去看了豬，重行回來。

他說完這些話，把凍得紅紫的雙手摩撫著，在屋當中的火盆上烤。陳醫生又吃了三口煙，雙眼朦朧地要午睡了，而左側的景武也有了鼻息呼呼的聲音，那一把連響的手槍還放在身旁，映著鴉片燈光放出純鋼的光亮。

蕭然用左手的長指甲剔著右手的指甲中的積垢，雖是似乎從容，從他那雙眉上的皺紋中卻顯出他的躊躇和考慮了。他問成均道：「北園你二弟壓的春韭怎麼樣？風檔都打好了嗎？……」

「他自己打了一半多呢。今年還好，不大冷，隔過年還有二十天，想來年底『集』上可以賣短韭黃呢。……我看沒有甚『中頭』……」

「『中頭』是沒有的，可也省得閒著沒事幹，反正他愛管活，……這就好……」蕭然說著，在面前似有一個堅壯短衣的青年，黑褐皮色，兩隻凍皴的手，挑著兩柳籃鮮嫩韭黃。他在這剎那不禁想起自己二十歲時正背著小行李包走青州大道去應科考。……不同了，一切都已改變。那時還想望著將來，……或者至少中了鄉試之後，還能，……最小的也可作「訓導」與「教諭」，雖是想而不得，都比現在的孩子們冒風犯雨以種菜賣豬為生的好。自然不同！……他在晴窗之下回想著已往，對於當前的事更使他心煩了。

「尼弟，他能耐苦，整天的在園裡做著工，除了來家吃兩頓飯，夜裡一個人在菜窖裡睡。我想他害怕，叫他拿桿火槍去，他也不要。……那究竟是在郊外，這將近過年的夜裡。……」成均這時得了暖氣，臉上紅紅地說。

「還有去偷菜的？……」

「年景壞了，難說不有！張鄰家一隻小黃牛夜裡便被壞人牽去。」

成均這句話很有力量，似乎給蕭然提起了什麼心事。他立刻想起家中的小牛，與賣而未成的豬。……還有唯一的用具「木車」，再則東小園北屋子中的幾架子舊書。於是他站起來，決然道地：

「走吧，我同你回去看看，過一半天再來這裡。」

成均摸著臉沒說什麼，蕭然便忙著扎腰，戴上舊絨線織成的厚暖帽，提起每天不離身的黃銅水煙袋。看看床上那一對煙人都不約而同地入夢了，走到門前，提高喉嚨把那收拾痰盂的老人喚過來。

「你說……我有事家去了，過兩天就來。好在太太吃這幾天陳先生的藥方，不礙事的。……你同少爺說，……不用他出來了。就是，就是，……」

老人彎著腰方要說話，蕭然卻匆匆地微俯了前肩冒著風霜，領了成均出去了。

床上的燈還一跳一跳地明著，陳醫生與景武各在做著他們的甜夢。

冷風吹著郊原中枯萎的草根，風是那麼的尖勁，河堤上的乾柳枝軋軋地似在唱著哀歌。三個五個的凍雀也不大高鳴，只是攏起翅膀互相偎並著，向著西斜的陽光。雖是雪後的四五天了，低窪的道上還滿是滑泥，而向陽處卻較為乾硬。滿野的麥田多在溼泥下低著柔軟的頭，無抵抗地聽著長空的吼聲。蕭然走在他那兒子的後面，覺得脖頸上的衣領似是短了許多，尖冷的風從衣領上刺入，同時覺得腳下也有點麻木，雖然他還穿了碩大的氈鞋。他看著兒子矯健地在前面冒著風走去，且已來往兩回了。這難禁他有「老大」的感傷。他在道中還斷續著追念當日背著包裹步行二百里路，往府城趕考時的興致——那不僅是興致，也是少年的「能力」啊！他想：在六七月的烈日中奔路，一天可以趕上七八十里的長途，有時碰到壞的天氣，還在雨水泥淖中走，這無礙，一樣到了。以後「聽點」、「背籃」、「做文字」，生書也忘不了。閒時還不住腳聽戲，上雲門山。……

考掉了也不是支持不住。……如今讓與他們了，差不多一轉眼就是三十年！……由考童而中學堂、而單級養成所、區視學、私塾先生、……小學教員，……現在還成了鄉村的醫生。……這條路自七八歲時走來回，哪一塊土地、哪棵樹木都認得十分清楚。已往的追尋，當前的生活，他豈僅覺得悵惘，直是聯記起前年的自作：「縱橫老淚為家計，恍惚青春付逝波」的「嘆老嗟卑」的句子來了。

由祥求鎮到他那小村子不過六七里遠，中間沿著白狼河的支流沙堤上走一大段路。若在夏天，雖是晚上由那裡經過，還可與納涼的農人們相談；現在只有河冰在薄黃的日光下，被風掠著似作呻吟的嘆息。沙子也似乎特別討厭，踏在腳下，令人沒一點溫暖的感覺。蕭然低頭默誦著他的句子，忽然聽見前面成均正在和人說話，他抬頭看去，原來正是糧吏吳笑山。

「啊啊，蕭然大爺，久違，久違！好冷的天，你不在家裡看書，向哪裡去來？生意好吧？……」吳笑山見蕭然走近，立刻離開了成均迎上來，面上堆了通常的微笑。

他有五十多歲，大黑鬍子、青布馬褂、灰色土布舊羊皮袍子，肩上背了一個大褡褳，左手裡卻提著一根粗而短的木棍。蕭然不意驟然遇上了這麼一個顢頇的人，打破了自己的回想。尤其是他那「生意好吧」恭維話，使得心中不舒！

「吳……你怎麼？咱不是買賣人，什麼生意不生意？……你不用說，方從我們莊子裡來，聽說為這次『預徵』又忙了。……」蕭然明知他有話要向自己說了，覺得還是自己先說吧，免得叫他開口，以為自己裝門面。

吳笑山的雙頰特別起了些三角形的紋路，稀疏的眉頭也蹙了起來，卻故意地將蕭然的有補口的袖子扯了扯，到一棵大柳樹後面。似乎他的話恐怕被河岸上晶明的沙粒聽去，也或者是向枯柳後取取暖氣，使他的話不至冰人？

他彷彿懇切地說了：「不瞞你說，真呢叫人跑斷了腿。這種事情不是人幹的，一年幾回了，這用算嗎？你大爺還有什麼不知道，狗不是人像我！……我辭了兒回了，本官偏一個字的『催』，這碗飯才不能吃呢。……這一次十元的『預徵』快誤期了，上面的電報已經來了三次，委員來到縣裡都是拍著桌子問縣長要。……苦了我們的腿！多的地方有兵隊帶了原差按門坐催，可是還有小戶呢。倒楣！我們火急地到各鄉下去『催』，不來的，只好我們『取錢』先墊。啊呀！『取錢』在這年頭簡直遇著鬼，四分五分的月利是平常事。苦不苦？我們擔多少關係？大爺，誰不知道誰？家中過這樣的日子，誰有餘錢？你那莊子我墊交了七百多元！……咱！……」

蕭然勉強似表同情地也皺皺眉頭。

「咱更說不了。……你那宅上還能欠得下？但急了，我已經先墊上了，三兩六錢五差不多了！……好說！……碰得也巧，咱比別家不同，每年的交誼，年前後還我不晚。——也不過就是這些日子，特為告訴一聲呢！……你！」催糧吏說完之後，又照例地向四下裡望了望，卻轉過話頭來向站在一邊的成均道：「不冷麼？到家可得多喝兩杯燒酒。……」

蕭然沒的說，末後只有「費心」兩個字，囁嚅地送到清冷的空氣中去。

他同兒子一直看吳笑山向自己來的路上走遠了，方轉那一片疏林的左角，到自己的莊子上去。

鄉村中安睡的早，蕭然同他的妻與七個兒子吃過粥飯、豆腐、蕃薯之後，又把借的莊子裡公共看守的一支火槍檢點了子藥，看明了火門，並一個油漆葫蘆——盛藥用的，都十分小心地交給他的二兒子，帶到莊外的菜園去了。以後又吩咐了成均與他十八歲的三弟夜中換班起來餵豬，看門。看著蓬頭的妻抱了幾歲的小兒子到裡間的暖炕上先睡去了，自己站在土打的外間地上，捻著鬍子走來走去，似乎把所有的心事都同「立憲」一般立好了章程，還對著土壁上掛的一盞薄鐵做成的煤油燈出神。因為燈上沒有玻璃罩子，一縷黑煙燻得牆上木板的彩畫黑了一半，卻還看得出黃天霸的眉毛與手腳在燈煙底下耀武。密櫺窗外的北風呼呼地吹著，他想「今夜的水甕又要結很深的冰了」。忽然他又記起一樁事，便開門向東院走去。

那是不滿十米平面的一所小園，北面的三間茅屋占了一半地方，其餘靠南牆下便是牛棚了，一株大棗樹在黑夜中矗立著，發出粗澀的嘆聲。一塊大青石在樹下面——在夏天這正是他們一家的乘涼地方。他立在牛棚前面，彷彿在靜聽什麼，然而只有牛舌在嚼芻的遲緩聲音，外面冷靜得很，連好吠的犬也不出聲。於是他便把北屋的外門開了，把著腰中的火柴，燃著了白木桌上的矮座煤油燈，雖然滿了塵土，卻是有玻璃罩的，屋中便驟然明亮了。

一大舊木几的線裝破套書，差不多堆到屋頂。外間掛的沒有裝裱過的幾幅墨筆山水，汙舊的十分厲害，煙煤塵灰一層層罩在上面。他端了燈到無門的裡間裡去，席床、木案，還有朱墨的破硯、幾枝大小毛筆。雖然是茅舍土牆，然而這卻是他最覺適意的地方。

他坐下，冷氣冰得雙腳難過，從硬的土層裡彷彿冒出「鬼手」。他又立起來把自己的醫書檢點一回，看看紅木匣裡多年習刻的印章還是如舊的排在裡面，並沒丟失。他滿意了，對於成均在鎮上所說的話無所介意了。久已不動的一盒乾印泥，他從白木案抽屜中取出，便把幾年前刻的印章選了一塊，呵著手指蘸了又蘸，從席床上取過一本《醫宗金鑒》，即把印章齊整地印在封面上。印泥的顏色雖是黃些、乾些，但在煤油燈的圓影下很分明的是印著「攬天風雪夢牢騷」的七個朱文細篆。那「攬」字特別刻的好，他想他這時把白天聽兒子話起的心事變成自己藝術的欣賞了。

夜是這樣的長，風還不息，窗前棗樹的乾枝響得分外嚇人。他遲疑了半晌，冷得手都發顫，又沒事辦，便吹滅燈，帶了這本《醫宗金鑒》重複經過牛棚前面，回到同妻與一群小孩子睡的屋子中去。

因為他想風吹的冬夜裡靠著枕頭看書，是有深沉趣味的，雖則書不須看，又不忙著看。也或者是所謂「結習」了，然而他想到「結習」二字，便又詛恨著「儒冠誤我」！

妻子的鼾聲並不使他厭惡，然而他拿著「攬天風雪夢牢騷」的《醫宗金鑒》，卻看不下幾個字去。老陳的煙與燒酒的快樂，紅眼睛與燒煙的姿勢，景武的無知，明亮的鐵器形，……吳笑山的話，……二百二十吊不賣的兩個豬從春初餵起，這是一年的最後孤注了！……他哪能看得下《醫宗金鑒》，一口深深的氣從胸口吐出，朦朧中是「三兩六錢五」換成的銀元，白亮耀眼。同時，兩個肥笨的豬鬃黑得可愛。牠們跳舞起來了，被風雪吹得交混了，分不出白與黑。

三天以後，還是蕭然與陳醫生、景武，在景武的堂兄家中相會了。景武的堂兄一雲從遠處跑回家來幾個月侍候、醫治他母親的肺病和肝病。現在不能下床了，只是手足抽搐，肺張痰喘。一雲終天憂愁從左近地方請些有名的中醫來。病總是有增無退。蕭然是他請來陪醫生的，因為蕭然懂得醫理，可以診脈，料理湯藥，景武也常來陪著陳醫生談天。

這天一雲特為給陳醫生餞行，因為他要回家，其實呢，也是看病重，有些「知難而退」了。

微雪後的黃昏，地上像鋪了一層薄白絨的毯子。在一雲的客屋裡，當中點著一盞白磁罩的銅質燈，空中懸著，溫明的光映照一室。還是那穿羊皮襖的老人來回端著幾樣菜放在圓桌上，桌前有盆炭火，燉著一大壺蓮花白酒。

陳醫生今晚上要居心多喝酒，然而卻不能豪爽地飲下，似乎心裡究竟有些不痛快，還不住的與蕭然討論著什麼「蔞仁薤白湯」與「黑錫丹」類治痰喘的中藥治法。然而有些勉強了，蕭然也只是搖頭不語，——為了在病家的緣故，這一場冬晚的酒會便不容易歡暢下去。

正端上了一大品鍋清燉的豬與雞肉，景武搶先吃了幾筷子，卻咂著舌頭道：「好鮮……這非使了好口蘑沒有的。……」

「景武，對於吃上真可以，又能吃又有講究。……」陳醫生想換換談話的題目。景武夾了一筷子的肉，聽話便抬起頭看了在座的人一眼道：「人生有肉便當吃！一輩子容易的很，誰還能帶些去？……」

一雲忍不住一陣心酸，便故意飲了一杯白酒。蕭然嘆口氣方要說話，門外卻有一個青年女子的呼聲找一雲家去。一雲知道又在商問用藥的事，便揭開風簾出去了。

蕭然向景武道：「老弟，你就是這樣說話，也不管人聽了難過不難過！……你只知滋味好吃，——你知道這肉多少錢一斤？」

景武嘻著笑臉道：「你真傻，這也沒什麼相干。」

「我先乾一杯，哎！」陳醫生失敗似的感慨，唯有勉強喝著悶酒。

「沒什麼相干？買肉的不難——也難說，可是賣豬的可真難過！你只會在家裡打手槍，耍牌局，你知道這年下的滋味？橫豎你家裡的事都不用你操心，……」說到這裡，蕭然不禁想起他那兩個可憐的豬來了。

「我的相面術何嘗錯來！」陳醫生又呷了一大口酒。

嗤的一聲笑，景武裂了裂嘴角，一大片精肉又呑在喉下去了。

「那麼你相我呢?」蕭然無聊地問。

「實話!——你今年還有兩個母豬的生利,可以過得『肥年』,不像我們這一無所有的。」陳醫生也想到他自己的艱難。

「什麼,誰知道誰?你不要開玩笑了。兩個大的豬,不錯,早已收在吳——糧吏的褡褳裡去。『三兩六錢五』的『預徵』,十元一兩,七吊五百文的一元錢不錯!這一年的希望賣了!賤賣了!簡直打了折扣,過年麼?都空了,一切的預備都完了!……拿什麼來還年底的欠帳?……」蕭然的遺恨都集到杯間來了。

「嘻嘻!老大哥真是書呆子,我就不管!人生吃得吃,喝得喝,管得了那些!好不好一顆子彈完了!——你不信我欠上上萬的利錢,家中不管,我也不管。」這是景武的慷慨話,不是酒後也不容易聽到。

陳醫生同時鄭重地感嘆了,「這樣的世道只好託身『漁樵』了!什麼幹不的!不就大將軍,不就向荒江——『獨釣寒江雪!……』」他說到末一字,便向簾外看著輕飄的雪花。

「我就不那麼樣!」景武已經停下烏木筷子了,「有便先打死兩個出出氣,土匪、官匪一個樣,苦了鄉下老實人!……」他居然把右臂彎了幾彎,然而接著靠在圈椅上打了個深長的呵欠。

「正經話，你多早給我刻一方圖章，我要叫『獨釣叟』，……蕭然？」陳醫生說。

蕭然因他說印章，便記起印在《醫宗金鑒》上的「攬天風雪夢牢騷」的印文，——當夜的怪夢，第二天兩個可憐的肥豬交到豬經紀手裡去了。「焉知這豬的肉不已被吳笑山吃在肚裡去，它那皮子已經在他那神行的腳下呢？」

飯已吃過，主人終沒出來。雪又大了，陳醫生揭起風簾看一看道：「蕭然！『歲雲暮矣，風雪淒然！』看來我明天又不能走了，且自陪我做幾天好夢吧。——又何必這樣牢騷！……」他居然成了酒後的文雅詩人了。

蕭然站在微明的火盆旁邊，並不答話，像還在想他那顆印章上的句子。

一九二七年冬日

印空

印空

連翹花的清香散在四月的綠槐陰下寂寂的草徑中，印空法師正一個人在那裡彳亍著。槐枝上藏著一對不知名的小鳥，一遞一聲地和鳴：宛轉地唱著它們芳春的戀歌。真所謂豔陽的天氣哩！柔柔的風，遲遲的日影，綠陰下只有留人沉醉的花香。印空法師因為天熱了，將大藤笠提在左手裡，右肩上用輕木杖背了一個小小的黃包。赭色綿綢的長衣，潔淨的青布鞋子，慢慢地在這個地方走，簡直是展開了一幅古代的圖畫。

印空法師從清早出了霧鎮趕了二十多里的路，雖是五十歲左右的人，他並不覺吃累，只是在道中搏動著心上的新奇，使得他幾乎忘了對於一切的注意。誠然，柔的，軟的，冶蕩的眼光與圓白的顫膚：宛轉朦朧中的聲音，尤其是白羅帳上那個淡紫色的花毬，——不能不說是學佛法以來的初次經驗了。他向來不明白摩登女是有種什麼法術會將釋迦的大弟子阿難弄到「女難」的困難地步？這是他多年讀《楞嚴經》的一個疑團，現在可說是解釋了一半。印空法師不是那種酒肉和尚，他對一切經義至少說有三十年以外的長功，他最曉得了別「相分」，須先經「見分」；他又明曉一切『唯識』，須先由於一切「種識」，因此他是常常主張佛法及佛法的經驗皆須實證，絕不是口頭上參禪能以得到圓滿的分解的。所以他在平日教導弟子們總以為天臺宗的「離垢真如」是不徹底的野狐禪，他以為一切人，一切法，只要是本體清淨，便會得到真正涅槃的地位。因此他從霧鎮走回本寺時，卻正沉惘在「見分」與「種識」的分析之中。

雖是本體健朗，到底是上了年紀的人，又是新經過異界的實證之後，走了二十里外的道路，不自覺地有些疲憊了。在花香鳥語中的春午，更使他覺得身體有些不能聽從自己的意志了。轉過這片幾里長的槐樹林子，已是亂石犖確，快近平山的入口。一道清流在石齒中潺潺地響著。石堆中有棵合抱的古樹斜伸著長臂，散出青翠的深陰。山坡上時有倦臥的山羊咩咩地鳴叫，四圍沉寂，彷彿被靜的綠色包住了。印空法師到此將肩上的黃包放在窄窄的石梁上，從袖中取出麻布手巾來蘸著清流抹了抹臉上的汗珠，一邊坐下肩著藤笠，向前面凝望。

富有佛學研究的印空法師對於世間味，——自然也可以說是法味，有了夜來的經驗，他的堅定的心情在這青山坐對的時間裡，不是動搖，不是追悔；更不是沾戀，他似乎是更清徹地了知。他三十年的佛學工夫每每自己決定：非有此一番體認，到底不能清楚。他不是好色的僧人，不是青年的動欲者，他這次墜入，——不能這樣說，只是試入溫柔之夢，也是他多年前的預定計劃。他雖是的確能夠作到體性全空的地步，然而什麼是眾生心，根本性？可是他常在參悟中不能把捉得住的。自然，男女間的勾當是人間生理與心理第一支配的力，也是三千大千法界中任什麼有機物不可少的體驗，他所以寧願在規矩上犯了淫戒，而為實證這等所明法。他是大慧大勇的法師，絕不為拘守尺墨便不真知世間味的。

他懶懶地坐在巨石上，用冷水抹過臉上的汗珠方才覺得風涼了好多。他在休息中便開始了他的研究與回憶的實證。

女性的色體的誘惑雖不能將他的法體動擾，然他為了實證與所明上自己也是極度將莊嚴的面容舉動變成浪子少年的嘻笑與活潑。同時在肉感的遊戲中他從那二十餘歲的異體中發現了有情世間的第一奇蹟，——也是他第一次的認識。又從那少婦的口中聽到許多關於世間的祕密與自然的奇事，知道了一個經驗過愛的拘束困苦的婦人的懺悔與興奮。所以這樣的薰習使他本無一物的心覺悟了不少人間生活與悲慧的確解。

從肉顫的經過中走出回到這自然幽潔的境界裡，他體認了不少的趣味；但在這久有定力的法師心中對於「一切世間諸行盡是無常」，以至於「遍體顫慄淚下如雨」的心境，與佛祖當初見了許多生老病死的現象後正端思維的情形相同。不是好奇，不是驚訝；更說不到迷戀，因為法師對於這些「結」早已解開了，但是究竟人生的最初悲趣充滿他的心懷，使他到了這一個春午才把生命的奧祕訣破。同時由於最高的智慧與了解上淚痕滴滴溼透了襟袖。似乎一個少女悟到了流年似水的情形；又似乎勇猛的戰士由血染的沙場中掙扎回來見到家中人的感動，非苦非樂。三十年佛理的研究，確沒有這一次受感的重大，卻不追悔，也不是憎惡。

回想自己在黃昏的旅店中改變服裝；在狹巷的燈光下摹仿浪子的行徑；以至粉光肌肉的擁抱，極度奮興的疲弛，嬌柔的低語，苦情的聲訴，……他想著，尋索著，眼淚從他的眼中流出。

林中的百舌鳥住了啼聲，晚日照著峰巒的回光映在磵流上，四圍的綠陰漸漸變成陰暗。印空法師方才由過分的感動中抬起沉重的身體入了山口，轉上山腰的寺院中去。

迅逝的光陰已經過去五年了。禪悅寺中的印空法師已快近六十歲了。雖以他堅定的修養，也有了蒼然的鬍髭，頭頂上禿了一大半。他已不主持寺中事務，交付了他那幾個弟子。他的修行的程度愈高，而在垂老的心胸中所蘊藏的苦悶卻如一條永久纏繞的蛇一樣，時時來咬蝕他那顆光明無礙的心。

正是楓丹露冷的晚秋；山上的樹木少半數已經枯黃了。山東側面有名的鑒生泉也漸漸的清澈，每到夜間遍山的秋蟲唧唧地唱著不眠的秋曲，使得和尚們在空山夜覺後同起一種莫能言說的興感。印空法師有一天在午睡後，拖了芒鞋穿著長衣，從臥室中踱了出來到彌勒殿上。彷彿是去看看山上的秋光。彌勒殿是寺中最後而占地最高的一個處所，小小的院子中有兩株可以合抱的青枬，挺直的樹幹如同殿上的守衛一樣。如團扇大的葉蔭，罩在石砌道上，幾乎漏不下些日影。當老法師懶洋洋踱過來的時候，恰好有個火夫在殿角上蹲著收石竹與剪秋羅的花種兒。那是一個三十多歲的壯年人，他沒有家室，是山下小村中人家的一個孤子，老法師從十幾歲將他帶上山來，借他的勞力吃一碗佛門現成飯的。他是壯健而誠實的人，天真的憨態，與對於一切的朦懂，與印空法師的深邃的心思恰好相反。庭中的日影已經斜在檐角了，開殘的砌旁小花都現出零落之色。這壯年的火夫蹲在一邊正做他的工作，老法師靜靜地走過來立在他的身後，呆呆地看著。

「阿留，你來採些種子做什麼用？」

火夫突然吃了一驚，回頭來看了法師一眼，頓時他那黧黑的面容上泛出慰悅的笑容，粗粗的回聲從他那厚嘴唇中迸出：

「師傅！咱寺裡的花種不是很夠用的了，——我知道不用再打出來，但我是……是人家要的，也是好事啊！還能不給人一些？……」

簡直是風雅的相談了，老法師也微笑道：「誰跟你要這些小花種兒？」

「山下櫸村的王三。」

「啊！他是終天出外打鐵的人，我竟不信他還有這些閒心去種花？」老法師有點不信這天真的話。

阿留用破報紙將種子包了一包往懷裡一塞，怕被老和尚發見不准他拿走似地，便赤紅著面孔答道：

「是王三的妹子教王三向我要的，她說：『你們廟裡的花種兒很多，何苦不給俗人家一點點兒？』還說：『沒得見住廟念經的師傅們偏好養花兒！』師傅！這正是笑話哩！你不會生氣？……」阿留說完還是將花種兒一手一手地採下。

老法師的機智是能以燭照一切的：一切的性，一切的諦，在常人看了是平凡，而在他的心中卻能有所悟覺。他雖是有多年的修持工夫，然而以無漏慧來去對治煩惱，有時參到極處卻每每感到不滿；自然這不滿的來源，他自己也分辨不出。這時聽了痴憨的阿留的話卻又不知在他那靈慧的心中證到哪裡去了。「一點點兒的花種，偏好養花兒的，」彷佛譏刺與警告！這暫有的一個山村女孩子的要求，卻將老和尚的心攪動了。他靜看著桐蔭在織成一片大的暗花席，在佛殿庭中，這光與影的眩然的認識；這象與覺的淆然的紛觸眼前，如同那些久已存蓄的生之力在思念中重複翻動，又似乎在他記憶的網中忽然有摸不到邊際的苦悶。情慾，苦與樂，去與往，超絕與執著，老法師在這一瞬時如同重歷過未生與有生以來的種種經驗。因為他少年的感覺原來靈敏，對於佛法上種種道理都用實證去體會，誠然，在一般和尚中他的生活豐富絕非那些只知念彌陀的所知道，可是他因修習，而苦悶，而實證，而追思，而感知，這其中的心境的超，伏，觸，動，也絕不是容易剖析清楚的。

彌勒殿的後面石壁上蔓生著許多青青的小葉植物，沿著後牆外的窄狹石徑上去，攀緣著可以爬到平山的峰頂。印空法師因為阿留幾句話的聯感，使他肅然的心情忽而不自怡悅起來，便背著手悄悄地由殿後的側門走出。

阿留呆看了他一眼，莫明所以地懷著花種兒也從前面溜了。

是秋光爛漫的秋山了。老法師喘著氣，攀援著些緣壁而生的蔦蘿走上去，莎草與蒿艾還生長得密茂，然而沒有很綠縟的顏色了。樟松之類的大樹都還不失它們的青翠，唯有翻葉的白楊被風吹動淡銀的葉兒，與幾株楓樹相掩映，便覺出秋的意味來。

寂靜罩住了很高大的全山，遠望山前的盤道似有人馬的蹤影。老法師在一株大松根上偏坐下，幽境中又溫習他的舊夢了。——自造的夢境，原是為了實證最大生活的起原與最大解脫的歸根的，然而記憶與揣測使老和尚打不破這個空闕——這真是一個銅牆鐵壁的關隘！雖以四十年的道行，卻仍在這煩苦的行徑中討生活。

風吹送著空山的各種天籟，金黃色的淡日掛在林梢，而山下的晚景也朦朧地隱在淡蒼的煙靄裡。老法師痴坐著，游離的心境正不知蕩向何方？忽而火夫阿留從小徑中急急地跑上來喊道：

「老師傅！……現在廟裡有施團長從城來進香，請師傅去招呼，他說還有事哩！」

施團長是數年前在本城中駐防的一個豁達的軍人，原是法師的舊友。因為他下得一手精巧的圍棋，那時法師常常在山上與這位風雅的將官借一枰的子兒消磨半日光陰。及至他的軍隊移防他處，加入戰爭之後，雖也有信來，但是不恆有的了。後來這五年中只聽說他為了急促的行軍由城中走過一次，並且寄了一封道歉的信來，從此便不知這位軍官的生活。不意在這時來到，使沉落在恍惚境界中的法師心意活潑起來。

「他自己來的？還是帶了馬弁和隨從來的？」

「不」，阿留揩著汗答：「都不是，他是同他的太太，小少爺一同來的，沒有兵也沒穿軍裝，但是我總認得他。」

老法師便不再言語，沿著山徑仍從後門中走回寺來。不過他的靈感在虛無中似乎告訴他這是一個不祥的預兆！也許他到山中訪友脫卻了軍人的習慣吧？然而太太與少爺同來，或是解職後的山游？這總是可疑惑的事！印空法師走到自己的住房裡，正看見兩個大弟子陪著施團長喫茶。可沒看見太太與少爺。老法師看出施團長的濃髭長了半寸，紫中黝黑的面部，濃高的眉，堅定與文雅的姿勢還和從前一樣，不過風塵損掩了八年前面上的光彩，而他的態度卻似乎沒有以前的愉快了。久不見面的老友，在不期中相晤，自然不免先說了寒暄。然後施團長用他那沉重的聲音，打著河南的腔調道：

「印師，想不到這次的拜謁罷！上一回由城中經過霧鎮，僅僅住了兩宿，那時實在太忙，因為我正在督運後方的軍需，還兼負著到前線督戰，僅僅兩天，沒曾得工夫來下一枰棋，真真對不起！哈哈……」

這為解釋與道歉後的笑聲，一聽來，確是勉強與敷衍的語尾了！團長皺了皺眉頭道：

「當官不自由！況且我們這樣殺人的勾當！別後的事正是一言難盡，總之經歷是有的，苦難也受夠了，幾年來的變化像你們這地方是不知道的，我呢，幾天的安閒也不得，每每記起以前當小軍官在這裡駐防時的快樂來，簡直是做夢。……一切事容後再說。這次我又回來了！自然地方不近，可是四五年來多了個累贅，你知道我自從亡妻故後是沒再續的，現在……卻有了人，也算得是太太吧。哈！……本來在這個年頭兒正式不正式沒有分別，已經隨我過了五年了。

「五年了！」老法師很有興味地聽去，重複念了這一句，「可得恭喜呢！不是有一位小少爺嗎？」

施團長微笑了，「因為在這鎮上還有三五天的勾留，所以我帶了內人與小孩子特來燒香，進謁，還有拜託的事。想來看老朋友的臉面上一定可以邀許的！……因為上山乏了，所以我也不客氣，已託付令弟子招呼她們到客堂中休息去，明天絕早再來叩見吧。」

施團長的話在感喟中帶有傷懷的情調，而在老法師聽來也是覺得有深深的悲念咽在心頭。

這是相互的靈感，也是他們都改變了！

接著這位飽經世變的軍人方一段段地敘述他近幾年中的行蹤與事業。他到過了許多許多的城市與鄉村，經過幾次肉搏的劇烈戰爭，曾被敵人幾次的傷害，總之：他是從硝煙彈雨中跑下來，現在他奉了長官命令，又到本省的邊境上去布防。因為這樣戰爭，在中國是年年的慣例，當軍人的也沒有怕上前敵的意念了！況且施團長雖是高級軍官，卻也是處處受了更高威權的嚴令，不知道自己的將來要怎麼辦。

種種談話之後，直到黑影罩滿了院宇，小沙彌將油燈燃上，他們吃過晚飯。

山中一宿像有許多更重要的話藏在施團長的胸中未曾說出。晚飯之後這位軍官到客堂中看過他的妻子，重複由弟子引導回到老法師的禪室中來。

印空

清秋的黃昏後，禪悅寺裡直是寂靜得如置身墟墓。他們在一盞高座的油燈下，對坐著矮的蒲團，守著一個烏漆的小凳，一壺清茗，一爐妙香，正在那裡深談。院子中的金莖竹勁葉兒刷刷地拂著檐牙，帶出秋夜的聲來。除此外只有正殿上的梵唄連續聲，在做著讀經文的晚課。

施團長在這極靜的境中，臉上的容色也不似白天的蒼黃與浮動了。他是怎樣的一個善於體貼女子的武人。他因為興趣與誠心起見，將隨從的人安置在山下，同了妻子，一步步走上山來的；幾點鐘的疲勞，恐怕他的妻子不能支持，便先讓他們安憩了，預備明天絕早禮佛——這是他夫人的幾年前的志願。因為平山是近處有名的靈山，而禪悅寺的住持者又是精研佛理的高僧。就是施團長雖是自己受過最新軍事教育，對於神佛這類宗教儀式的崇敬向來是不理會的，但這次的朝山卻有些不同。不但是順從了夫人的要求，而且他不自禁地心也動盪起來。在施團長的豪爽與堅硬的心中，覺得也許有偉大奇祕的靈感出現。

他們談著，有時喝一口清茶。印空法師從他的憂鬱的智慧中早已斷定這次軍官攜眷朝山確有其他更重要的目的，絕不是只為松風下的一局棋，燈影中的一夕話。尤其是施團長沉憂的面貌彷佛內蘊著無邊無際的深思，罣礙，這在老法師的眼中看出不禁有很重大的感慨了！從前他的灑落與勇武的精神，幾年中變為這等不自信與執著的態度。兩個不同的心對照起來，老法師自己的心弦也有點躍動。

「老師傅！……這次到寶剎來拜佛，固然是內人的願望，……但是我還有可笑的要求！……」在一刻的沉默之後，施團長終於不能再忍似地慢慢地捻著半黃的下髭說。

「老施……你一來我便猜得有些異事了。我們相熟多年，自然用不到客氣。」印空數著袖中的念珠。

「是啊！如講客氣的時候，我早就到我所經過的別處院剎去了！……我這要求還是內人的主張。可是我也久有此心。你聽來好笑吧？簡單的很，我們想將那個五歲的小孩，——他媽好容易跟我替攜著將他背上山來，就是這一點為了兒女的真誠，——這一份又傻又糊塗的心情，請鑒納！我們想請求你收納這孩子做個寄名的法外的兒子！……」團長這段吞吞吐吐的話，聽那微顫的口音，的確是從肺腑中流溢出的摯情的希求。他止住了不往下說，大眼睛中彷彿含有暈痕，仰望著這髭髮蒼然的老和尚。

意外的要求，使富有機智的老法師一時竟含笑而又微愁地答不出來。在世俗的佛門中拜領兒子雖是常事，然而以教律著名的老法師卻從沒有過這類事。

「你是什麼意思？」打不定主意的延宕回語。

「啊啊！難道你老師傅竟不懂得這點道理？一是為了我這五十歲的人雖娶過數房，但兒子卻是第一次；不能免俗的內人是想託大和尚的清福，寄名來長養他。其次呢，咳！——這話太難說了！……」

施團長顯見得是著重在此，他感動得厲害，遲疑了一會，繼續他沉著悲切的語調。

「混了十幾年的軍人生活，其中的滋味簡直述說不清。以師傅的鑒照，雖是終天禮佛唪經，但是知道的，——我不怕災難，不怕死，更不計算將來如何了局，胡亂著，誰又曾得過了局？——不過有了拖累自然不同了！實話得從頭說起：這個內人是——就是我後來的側室，雖說是不出自有教育的人家，可是我平生遇到的第一個良好女子。這不用多說，你曉得我是怎樣破棄了七八年的獨身生活要了她來！這段姻緣很快的成了。當初我不過為了一時的豪俠意義，然而不料後來卻還有這樣的好結果。總之，這都是過去的話了。師傅不是俗人，當然不必追根究底地問。——現在這便是我的第二個理由與希望：像我若沒有一點牽累，在沙場上裹了屍算不得榮耀，可也沒什麼放不下，但近幾年為了內人，為了小孩子，這種苦樂的循環趣味，已經將我的心用碎了。方從南陽調回，過河北去，恐怕大戰期不過半年中的事。……我真不敢想將來！我是一個軍人，年輕時便混入這等生活中來，福與罪不能提，可是這一次怯得很！不是怯將來的敵人，……所以我與內人的意見將這小孩子請師傅寄個名兒，或者可以給他添點福慧，就是將來如果有什麼危難的時候，有一個世法外的，有道德的大和尚做義父，也許可以庇護他！……不倫類的話說來惹人發笑，莫說我是無膽量的軍人，一顆心究竟是可以相通的，這是我們一點真誠，所以便這樣上山來面懇！……」

這是一篇口述的詩歌，是一段動人的演辭。一個軍人竟有這樣懇切委婉的話。老法師在對面蒲團上聽著，一點無明的火焰已經在他的心裡燃燒出同情的光輝。這未來的因業，他沒有拒絕的遲疑。

老法師沒有拒絕的話，只是從他那深鬱的臉上表出苦惋的同情來，點著白髭的下頷。軍官又接著說了許多話：以前的軍人經驗，對於世事失望的態度，以及明天禮佛與行寄名禮的事。

老法師不多答言，只時時微喟，與為同情而露出憂悒的微笑。

夜半了，一庭細雨在黑暗中催他們各自去尋覓過去與未來的夢。

秋雨後的次日絕早，軍官同了他那將近三十歲的夫人與穿了小海軍服的五歲孩子，在正殿上禮佛之後，便即時行了將孩子寄官拜老法師為寄父的禮節。在法器的響動中，老法師披了袈裟，高坐著受禮，簡單而莊嚴。他們教孩子伏在法師膝下摩頂受記，老法師看見孩子清秀而頗有點古怪的面貌，不禁吃了一嚇！同時又感到忽然給人家的孩子做父親這件事，是有些蹊蹺與不安的！

軍官的夫人溫良，活潑，恰是個時代的女子。當她與老法師行禮的中間，老法師微微向她注視了一下，彷彿曾經相識，而又迷離似的，心上動一動，而記憶卻不給他以完全的認識。

軍官的夫人也向著這老法師低首敬重，而若有深思，但這不過一瞬間的狀態，軍官對這法門禮節，十分歡喜！他過於相信老友與愛他的兒子了，眼角上噙著淚痕。

但因為軍務的匆忙，還沒來得及吃早飯，勤務兵已經上山來與他報告緊要公事。在九點以後，他們急急地享過法師預備的素食，便攜著孩子上了征途。

他們都愴然！尤其是軍官。再三執著孩子的小手，遞給老法師，淒惶地希望有此一來能以免除了孩子未來的災難！秋山疏翠裡他們匆匆地別去。

老法師眼望著他們下了崎嶇的小道，他的長睫毛下含有暈痕。

時間是予人以休息與變化的，有時因為年光的關係將人間的戲劇顛倒開演出來，將人與事的紛復奇妙偶合地自然地湊泊出來。這是宇宙中最能把持住的最高威權，一切的變化都在聽時間的支配，運用，分解。

平山的山色自春徂秋仍然是舊有的狀態；禪悅寺聳立山岩與叢林中不失其尊嚴，然而老法師現在呢？不但老了，簡直是殘年了。

冬令也像是人之殘年似的，沉冷而黯淡，朔風密雪瀰漫住山峰，澗，谷，禿林。蒼石道上行人本來稀少，何況在這冬日的山中。一切生物都閟藏了它們的蹤跡，只有三兩隻野兔在雪窟中奔躥。這又是個黃昏時，禪悅寺中的燈光遠射不出，只從負雪的疏林中透出幾點黃淡的明光。印空法師自去歲以來常常病著，龍鍾的軀體，雖有健適的修養也敵不過自然的演化，更抵擋不了心頭上迷惘的悲哀。他左腿的癱瘓，一年以來管束他只可倚在高枕頭上仰看淡黃色的天花板與窗外單調的風景。除了身體的痛苦之外，他的精神煩擾直是有生以來一個稀有的期間。不曉得是他修養後的靈悟，也不知是老來神經的過度衰弱，本來湛明無一物的心中總似有個沉重的東西在墜拖著；使得他常常在嘆息與不安中空虛地度過。有時念著佛號，將類於明心見性的禪門至理自戒備著，然而無效。待到將這些道理放下的時候，胸中的雲翳與疑團便重行展布開。

一個大雪的夜裡，大地都披上了晶潔的白衣，全山沉默著。印空法師在不眠中覺得口渴，將伺候他的小和尚喊起，叫燉蓮子羹與他吃。一盞油燈一跳一跳地，雪花拂在木格的紙窗中作出微響。法師蒼瘦枯皺的臉彷佛一個古神的形象。外間的炭火泥爐中爆的炭聲，漸漸聽到。小和尚披了肥袖棉衣，瑟縮著蹲在一邊，正是一幅古雅的繪圖，然而有裂痕了！忽而有一陣急迫的敲門聲傳來。

印空法師在病中感覺分外靈敏，便吩咐小和尚去喊長工開門，小和尚睡眼朦朧著走出，約過了二十分鐘以後，聽見幾人腳步聲踏雪過來，都停在窗前了。依然是小和尚進來道：

「長工都不願意開門，說這時候不定有什麼歹人，況且城裡正在鬧革命，殺了好多人。還是我說師傅的命令，他們從鐘樓上看清楚了，是一個叫化子。便開了，——奇怪！本來想留他到火房裡住一宿，行個方便，但這叫化子指名說要見師傅，非見不可！不要見他，他寧願死在山澗裡，又不肯說什麼事，現在還同長工在窗外等著呢。……」

印空法師這時垂盡的心思，忽然沉靜起來，便點點頭命化子進來，他很安然地，倒像是預期著的。

一個披了破絮襖與溼重麻衣的十八九歲的青年，立在暗暗的燈影下。沒有帽子，紛披著長髮，面色凍得紫腫了，而一雙大的堅定的眼睛卻仍然保持著嚴重有力的神情。看他的形態：顴骨很高，柔白的皮膚，與沉毅的精神。足以證明他不是常做沿門叫化的生意的，尤其奇怪，他上身穿得如此不堪，下面卻是粗呢的洋服褲，一雙為雪水浸透的黃皮鞋。

小和尚在門外靜看著這一場怪劇。青年叫化子與病態的老法師互相凝視著，他們可以說是從不相識，但在神情的交換中，青年的記憶中，老法師的期待中，似乎全認識了。在這突然的相見之下，反而沒得言語。

老法師昏眊的眼中忽然放出光明的色彩，彷彿三月中清明溫潤的池水。臉上雖略有驚奇的表情，然即時歸於自然，便柔和道地：

「呵呵！——你終於來了！……」

青年叫化子出乎意外地答：「呵！你知道嗎？我是誰，我還沒說出！……」

老法師立時苦笑了一笑道：「難為你，卻也難為我了！好吧，你的經歷可以說說？……」

青年得了室中的暖氣，將麻衣卸在地上，看了看旁邊侍立的小和尚。

老法師便命小和尚去睡了，蓮子羹方盛上一盞，在案上擱著。小和尚雖然看得有些疑惑，卻禁不住瞌睡，便到另一間房裡去。

室中只有這兩個奇異的人，只有這兩個為因業所顛倒的，兩個如枯柳如春雲的人物。於是在青年的一陣傾談之中，果然是印空法師的期待到了！

是這樣的：青年是當年到這寺裡來的施團長的兒子，也就是印空法師的寄名兒子。施團長自從那次帶了妻、兒，下山去後，駐防他處，不到半年便調了前敵，加入討逆戰爭，幾十天的苦戰結果在江邊的一個蘆洲上犧牲了。餘下的寡妻，孤兒，便流落在未有戰事的縣城中。母親的賢明，她從苦痛忍耐中做著手工，居然過了十年以外的日月。後來她並且在那遠處的縣城內與美國的女傳教師熟識了，受了洗禮，因此這軍官的孤兒居然得受過教會中學的教育。

不幸！勤苦憂傷的生活使這軍官夫人在去年的秋日死去。她臨終的時候，才對這十六歲的孩子切實告訴了些他從前一字不知的異聞。不但是說他在五六歲時在這個山上有一個印空寄父；並且說這個寄父其實就是他的真父！十六年的祕密從她垂危的深痛中說出來。她那年到這禪悅寺中來一見印空法師便完全認識，其實在上山時她是茫然的。她又最曉得自己兒子的激烈性格，她是真切的懺悔！囑咐他如有過不去的時候，只有到禪悅寺中的一條路。

但是這次他所以於雪夜中來到，卻不出那為命運播弄的母親所預料。他自從母親死後，便加入革命黨，這次隨了軍隊攻入縣城，已經有些日子了。卻不道忽而有黨派的分裂，於是他這小首領便立時在被緝之列。事情是如此緊急，然而他知道距城幾十里地的禪悅寺，為了生命，為了母親的遺言，為了多年祕密的發現，他所以從苦難的雪夜中跑來。

他用吃吃的口音說明一切，老法師用清明炫彩的眼光注視著，終沒動，也沒言語。

窗外的朔風，狂吹起來，似是將人間的苦難被悲號吹散。

盞中的蓮子心已爛了，沒有苦味。然而誰也沒吃得下！

雪落深山後的三日，以佛法聞名的印空法師圓寂了！隆重的佛家入塔禮儀行過。雖然在他那乾萎的屍體中也許藏著人類的一點留連的悲哀，但他終得到了他的「涅槃」。

那夜中來討宿的青年叫化子同時也不知去向。

又過了三日，縣中的保安隊中捉到一名黨員，因為用重典，——梟首，並且就懸在這平山的後山麓的大楓上，據說是在一個山洞中被鄉民告發而捉獲的。

這可憐的頭顱，圓瞪著石卵般的目光，在高處正對著印空法師遺骨的上層塔頂。

電子書購買　　爽讀 APP

國家圖書館出版品預行編目資料

號聲：是微笑是淚痕，是哀壯幽切的弦聲 / 王統照 著 . -- 第一版 . -- 臺北市 : 崧燁文化事業有限公司 , 2023.10
面；　公分
POD 版
ISBN 978-626-357-674-2(平裝)
857.63　　112015083

號聲：是微笑是淚痕，是哀壯幽切的弦聲

臉書

作　　者：王統照
發 行 人：黃振庭
出 版 者：崧燁文化事業有限公司
發 行 者：崧燁文化事業有限公司
E-mail：sonbookservice@gmail.com
粉 絲 頁：https://www.facebook.com/sonbookss/
網　　址：https://sonbook.net/
地　　址：台北市中正區重慶南路一段六十一號八樓 815 室
Rm. 815, 8F., No.61, Sec. 1, Chongqing S. Rd., Zhongzheng Dist., Taipei City 100, Taiwan
電　　話：(02) 2370-3310　　傳　　真：(02) 2388-1990
印　　刷：京峯數位服務有限公司
律師顧問：廣華律師事務所 張珮琦律師

定　　價：250 元
發行日期：2023 年 10 月第一版
◎本書以 POD 印製